할머니의 연애시대

GRANNY WAS A BUFFER GIRL

할머니의 연애시대

GRANNY WAS A BUFFER GIRL

벌리 도허티 장편소설 | 선우미정 옮김

창비

아빠, 마이크, 글로리아, 폴과 매티에게

이 소설을 쓰도록 독려한
‘BBC라디오 셰필드’의 데이브 시즈바이와
쇠를 가는 여성노동자에 대해 알려준 재키 러프에게
감사인사를 보낸다.

차례 ....

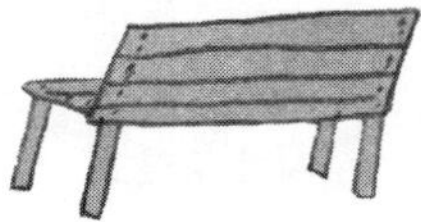

일러두기

1. 이 소설은 벌리 도허티(Berlie Doherty)의 *Granny was a Buffer Girl* (Puffin 2003)을 완역한 것이다.
2. 맞춤법은 1988년 1월 19일 문교부가 고시한 '한글 맞춤법'(제88-1호)에 따랐다.
3. 소설에 등장하는 인명과 지명 등은 현지 발음을 최대한 반영했다.
4. 독자의 이해를 돕기 위해 '옮긴이 주'를 본문에 붙였다. 해당하는 단어 뒤에 *표시를 붙였고, 그 면 아래에 설명을 달았다.

축하파티

"외할아버지, 시간 없어요!" 내가 소리쳤다. "우리 오늘 저녁에 축하파티 할 거예요." 외할아버지가 손을 흔들었다. 내 말을 듣지는 못한 것 같았다. 외할아버지는 다른 노인들과 볼링을 치고 있었다. 외할아버지의 죽마고우도 몇 명 섞여 있었다. 외할아버지가 공을 굴릴 차례였다. 외할아버지는 공을 가슴에 안고 까만 출발선 쪽으로 발을 내디뎠다. 무릎을 구부려 포즈를 취하자 바지 끝이 올라갔다. 그 바람에 빨간 양말이 힐끗 드러났다. 왠지 생뚱맞아 보였다. 외할아버지는 볼링공을 굴리고 나서 다리를 펴고 일어섰다. 굵게 주름진 양손이 홀가분해 보였다. 볼링공은 사각사각 소리를 내며 부드러운 잔디밭 위로 굴러가 핀을 맞혔다. 외할아버지가 어린 애처럼 활짝 웃었다.

나는 발길을 돌렸다. 갑자기 마음이 싸해졌다. 외할아버지가 너무 늙은 것 같았기 때문이다. 하늘은 어느새 저녁놀에 물들어가고 있었다. 구름도 연한 살구색이었다. 우리 집과 셰필드 마을 전경이 한눈에 들어왔다. 거리엔 벌써 가로등이 반짝거리고 있었다. 마치 길을 따라 바늘로 수를 놓은 듯했다. 나는 보울 언덕 꼭대기에 서 있었다. 외할아버지 말씀에 따르면, 이곳은 세상에서 바람이 가장 세게 몰아치는 초원이었다. 한때는 여기 채석장이 있었다. 오래된 쓰레기 처리장 위에 지어졌다는 이유로 어떤 사람들은 이곳을 진짜 '뼈의 언덕'이라고 부른다. 수많은 병들과 뼈들, 그리고 오래전에 세상을 떠난 식구들이 쓰던 물건 조각들을 밟고 있다고 생각할 때마다 나는 현기증을 느낀다. 현재의 이 짧은 순간과 내 미래의 모든 순간이 아주 빠른 속도로 내게서 사라지는 것처럼 어지럽다. 그렇지만 외할아버지는 여기를 '볼링 언덕'이라고 부른다. 꼭대기에 볼링을 칠 수 있는 잔디구장이 있기 때문이다. 나도 그 표현이 훨씬 마음에 든다.

"이제 갈까, 제스?" 뒤따라 온 외할아버지가 말했다. 외할아버지는 엄마가 크리스마스 때 선물한 조그만 가방을 들고 있었다. 가방 안에서 볼링공이 맞부딪치는 소리가 났다.

외할아버지는 나보다 키가 작았다.

"땅꼬마 할아버지, 차 마시러 오실 거죠?" 내가 물었다.

"맛있는 차라면 마다할 이유가 없지. 설마 네가 끓이진 않았겠지?"

"이번엔 아니에요."

"그럼 됐다. 어디 한번 마셔보자."

오솔길이 점점 가파르게 되자 외할아버지가 투덜댔다. 나는 외할아버지를 기다렸다. 외할아버지는 내가 돕는 걸 별로 좋아하지 않았다.

"외할아버지, 게임 잘 했어요?"

"굉장했어. 나는 이제 그 작자들 가운데 최고라고, 진짜야. 브라이디가 거기 있어야 했는데. 네 외할머니는 말이야, 언제나 내가 그치들을 한 방에 날려버리지 못한다고 구박하거든. 하지만 이젠 아니야. 브라이디도 틀림없이 놀랐을 거다. 살아생전 가장 멋진 게임을 했다니까."

외할아버지는 항상 외할머니가 잠깐 가게에 다니러 간 것처럼 말한다. 금방 귀가할 것처럼 말이다. 그럴 땐 꼭 외할머니가 1년 전에 세상을 떴다는 걸 잊어버린 사람 같다.

"오늘 경기에서 진짜 이긴 거면, 축하파티 할 자격이 충분해요, 땅꼬마 할아버지." 내가 말했다. "다른 가족이랑 같이요."

"왜, 무슨 일인데? 설마 결혼 발표는 아니겠지?"

나는 그저 스티브에게 작별인사를 했을 뿐이다. 그뿐이다.

"외할아버지도 참, 난 바보 멍청이가 아니라고요."

"그럼 대체 왜 그러는데?" 외할아버지는 걸음을 멈추고 천천히 그리고 아주 깊이 숨을 들이마셨다. 나는 외할아버지랑 보조를 맞추려고 천천히 걸었다.

"우선은, 제가 내일 프랑스로 떠난다는 사실 때문이죠."

"갑자기 거긴 왜?"

"대학 과정 중 하나예요. 외할아버지도 생각날걸요? 제가 늘 말씀드렸잖아요."

"그렇다면 정말 축하파티를 해야겠구나. 드디어 너를 보내게 되었으니 말이다." 외할아버지는 그러고 나서 주머니를 뒤적여 손수건을 꺼내더니 팽! 하고 코를 풀었다. "미안, 제―제스. 뭐 나쁜 뜻으로 한 말은 아니야."

"됐어요, 땅꼬마 할아버지. 우린 언제나 생각하고 다르게 말하잖아요."

어찌 보면 그건 외할머니가 세상을 뜰 때 선택한 방법과 비슷했다. 외할머니는 병을 앓지 않았다. 그저 어느 날 아침 자리에서 일어나지 않았을 뿐이다. 사람들은 모두 잠자다 눈감는 게 최상의 길이라고 말했다. 하지만 나는 그렇게 생각하지 않았다. 외할머니도 분명 칠십 평생을 회고할 1~2분의 여유와 작별인사를 나눌 시간쯤은 갖고 싶었을 거다. 화창한 날 리벨린의 가톨릭 공동묘지에 외할머니를 묻고 돌아오면서 엄마는 이상한 말을 했다. "이제 우리는 외할머니의 새로운 삶을 축하하고 기념해야 해." 삶이라니! 암튼 우리는 외할머니를 기억하기 위한 조촐한 모임을 가졌다. 그리고 얼마 뒤 아빠는 외할머니를 위해 자신이 키우던 비둘기를 모두 하늘로 날려 보냈다. 외할아버지는 모자를 들고 서서 그 녀석들이 한 마리 두 마리 날개를 퍼덕이며 내려앉아 전부 자기 집으로 들어가는 걸 하염없이 보고 있었다.

외할아버지의 집은 지금 너무 고요하다.

우리가 집에 도착했을 땐 이미 커튼이 쳐 있었다. 정원에선 모닥불 타는 냄새가 났고, 계단 옆엔 아빠가 신는 웰링턴 부츠가 머리를 맞댄 채 떡하니 서 있었다. 문을 열자 존 오빠가 걸어 나와 외할아버지의 가방이랑 모자 그리고 코트를 받아 들었다. 오빠의 여자친구 케이티가 외할아버지를 포옹했다. 그녀는 벌써 우리 가족이라도 된 것 같았다. 케이티는 학교에서 나랑 제일 친한 애다.

"우리 오빤 안 왔어?" 케이티가 깜짝 놀라며 물었다. 그 애 오빠가 바로 스티브다.

"초대 안 했어." 내가 대꾸했다. 나는 그 애 뒤에 서 있는 오빠를 쳐다보았다. 사실 난 케이티가 여기 오지 않기를 바랐다. 오빠와 케이티는 내가 생각하는 것보다 더 가까운 사이인지도 몰랐다. 어쩌면 그 두 사람은 결혼까지 할지도 모르겠다.

"그럼 나중에 오는 거야?" 케이티가 물었다. 우리 네 사람이 늘

한패가 되어 돌아다닌 탓이다.

나는 고개를 저었다. 다시 마음이 상할까 봐 두려웠다. "벌써 작별인사 나눴는걸." 내가 대답했다.

땅꼬마 외할아버지는 할아버지와 할머니에게 인사하러 거실로 들어갔다. 도로시(애칭은 돌리) 할머니는 백포도주가 담긴 잔을 든 채 콜록거렸다. 할머니는 오늘 밤을 위해 새로 파마를 하고 염색도 했다. 또 이런 행사가 있을 때마다 즐겨 입는 푸른색 드레스를 입고 있었다. 외할아버지가 의자에 앉기 무섭게 앨버트 할아버지는 캔 맥주를 땄다. 보기 좋게 거품이 일었다. 나는 식탁을 차리러 갔다. 부엌에서 엄마랑 아빠가 고기 양념 때문에 왈가왈부하는 소리가 들렸다. 조금 짜증이 났다.

"준비 됐어요!" 엄마가 큰 소리로 말했다.

엄마 아빠가 상을 차리는 동안 존과 케이티는 두 할아버지와 도로시 할머니를 부축하고 들어와 의자에 앉는 것을 도왔다. 포도주도 있었다. 아빠가 나무통에다 직접 담근 술이었다. 나는 포도주를 마시면 언제나 딸꾹질을 했다. 또 늘 슬퍼지곤 했다.

"자, 제스를 위하여 건배!" 아빠가 말했다. "세상을 만나러 떠나자!"

엄마가 내 손을 꼭 쥐었다.

"제스야, 나도 네 나이쯤 됐을 때 집을 떠났어." 아빠가 말을 이었다. "네 할아버지께서 그렇게 해야 진짜 사나이가 된다고 하셨거든.”

앨버트 할아버지가 소리 내어 웃으며 말했다. “네 할머니가 늘 뭐라고 잔소리했는지 아니? 국민보험 카드에 도장 하나 없는 지저분한 늙은이가 될 거라고 그랬지…….”

“제스는 떠나는 게 그리 내키지 않는 것 같구나.” 할머니가 말했다. “아마 남자친구 때문이겠지?”

“우리 외할아버지께도 축하드릴 일이 있어요.” 내가 얼른 말꼬리를 돌렸다. “오늘 최고로 멋진 볼링 게임을 하셨대요.”

“맞아.” 외할아버지가 말했다. “새로 이발해서 그런 거 같아. 균형 잡기가 훨씬 수월해졌거든.”

“사돈 양반, 이발할 데도 별로 없구먼요.” 앨버트 할아버지가 대꾸했다. “차라리 머리카락을 뽑는 편이 더 쉽겠소!” 앨버트 할아버지의 머리는 은발에 숱도 많았다. 할아버지는 덩치가 아주 컸다. 아빠도 그랬다. 오빠도 점점 두 사람을 닮아가는 중이다. “찬장에 있는 국화꽃 자랑 좀 해야겠다. 저걸 봐. 네 주먹 정도 되지?” 할아버지가 가리킨 그 꽃들은 오렌지색이었다. 묵직하고 왠지 우울해 보였다. “꼭 사자 같지?” 할아버지가 말했다. “아주 멋져.”

“할머니…….”

할머니가 다시 기침을 했다. 할머니는 쌕쌕거리며 손수건으로 침을 닦았다. 기침 발작이 잦아들기까지 시간이 좀 걸렸다. 하지만 할머닌 웃음을 잃지 않았다. “포도주를 마시면 안 되는걸 그랬어.”

할머니가 말했다. "그게 곧장 기관지로 들어간 모양이야."

"할머닌 뭘 축하하실 건데요?"

"축하라고 했냐?" 할머니가 아빠에게 잔을 내밀었다. 술을 채우라는 뜻이었다. 엄마가 아빠를 보고 눈살을 찌푸렸다. "글쎄, 굳이 말하자면 루이 언니를 데려오는 거겠지. 물론 언니는 떨어져 있는 게 더 편하다고 생각하지만, 언니를 내버려 두는 게 몹쓸 짓인 것 같아. 마음먹은 대로 해야겠어요, 앨버트. 싸울 건더기도 없는 일이라고요. 나한테 자매라곤 이제 루이 언니 하나밖에 없잖아요. 자꾸만 내가 그동안 언니를 외면해온 것 같은 생각이 들어요. 그 끔찍했던 결혼생활도요. 언니는 겨우 5년밖에 인생을 즐기지 못했어요. 마이클(애칭은 마이크), 어서 잔을 채워라. 가득 채워봐."

아빠는 엄마한테 얼굴을 찡그려 보이면서도 할머니 명령을 따랐다. "내가 오늘 뭐 했는지 알고 싶은 사람 없어?" 아빠가 물었다. "오늘 리벨린 댐까지 달렸다고. 여태 뛰어본 것 중 가장 먼 거리였어. 내년 6월엔 셰필드 마라톤에 참가해볼 생각이야."

"우리도 같이 뛸게요." 오빠가 거들었다. "케이티, 너도 찬성이지?"

케이티가 물끄러미 오빠를 바라봤다. 다른 사람은 안중에도 없는 것처럼 보였다. "하루 종일 아무것도 안 하고 앉아 있는 것보단 낫지 뭐."

"달리기는 말이야," 아빠가 케이티랑 오빠에게 주의를 주었다.

"열병 같은 거야. 아니, 중독성이 있다고나 할까."

"나도 한판 붙어볼까?" 땅꼬마 외할아버지가 말했다. "나보다 나이 많은 친구들도 마라톤 한다는 얘길 들었거든."

나는 빈 접시들을 날랐다. 그리고 부엌에 서서 식구들이 웃고 떠드는 소리를 들었다. 텅 빈 위장 속에 두려움이 차올랐다. 나는 그들이 이 순간을 잘 극복하고 서로 사이좋게 지내기를 바랐다. 오늘 모임은 그 옛날의 좋지 않은 기억을 어르는 일종의 제의(祭儀)인 셈이었다. 나는 여러 사람 가운데 케이티의 웃음소리를 구별해 낼 수 있었다. 오빠는 케이티를 사랑하는 게 틀림없다. 오늘 밤 그녀를 데려온 걸 보면 말이다. 하지만 나는 아직 스티브와 이런 걸 나눌 준비가 되어 있지 않았다. 어쩌면 그건 누군가를 진정으로 사랑하는지 아닌지를 보여주는 한 방법인지도 모른다. 외할아버지를 모시러 올라가기 전, 나는 보울 언덕 아래서 스티브에게 작별인사를 했다. 스티브는 내 쪽으로 몸을 잔뜩 굽힌 채 자전거에 앉아 있었다. 나보다 키가 한참 큰 데다가 바람이 우리 목소리를 헤집었기 때문이다.

"내일 배웅하러 역에 나갈까?" 스티브가 물었다.

"아니. 안 와도 돼."

"너 떠나는 게 진짜 좋은 모양이다, 그렇지?"

"물론이지. 흥분되는걸."

“내 말뜻 모르겠냐. 나랑 헤어지는 거 말이야. 넌 그저 좋기만 한가 보다.”

“크리스마스면 집에 올 건데 뭐.” 아무짝에도 쓸데없는 말이었다. 이상하다. 왜 스티브한테 잘 있으란 말을 하지 못했을까. 그의 마음을 아프게 할 생각은 추호도 없었다.

“그땐 이미 다른 사람을 사귀고 있을걸.” 스티브가 나지막이 말했다. 나를 쳐다보지도 않았다. 그러고 나서 스티브는 자전거 페달을 밟아 떠나버렸다. 바람 속으로 머리를 숙인 채.

“편지 쓸게, 스티브. 금방 다시 만날 거야.” 내가 큰 소리로 외쳤다.

나는 허물을 벗고 있는 한 마리 뱀이었다. 반짝거리는, 생명을 가진 그 무엇, 짙은 풀숲에 웅크린 보석 같은 것. 나는 진저리를 쳤다. 소름이 돋았고, 무서웠다.

“내 경우를 과연 축하할 거리라고 해야 될지 모르겠네.” 내가 쟁반에 아이스크림을 담아 들어가자 엄마가 말했다. “임시 교사직을 맡아보겠냐는 제의가 들어왔거든요. 출산 휴가를 신청한 교사 대신 말이에요. 물론 지난번 학교 같은 경우라면 사양하겠지만.”

“임시직이라곤 해도 보수는 꽤 괜찮을걸?” 아빠가 말했다. 아빠의 얼굴은 ‘요즈음 같은 때는 그저 일할 데가 생긴 것만으로도 감사해야지.’라고 말하고 있었다.

　"하지만 돈으로 따질 수 없는 가치도 있어요. 학교 같은 데가 그렇잖아요. 물론 돈도 중요하지요. 그래도 가르치는 일 같은 직업에선 돈보다 중요한 게 있다고요."

　"화초를 키우는 것도 그래." 앨버트 할아버지가 엄마한테 말했다. "나도 네 마음 안다. 가격을 매길 수 없는 직업도 있는 법이지. 특히 그게 자기가 좋아하는 일이라면 말이야. 돈은 보너스야."

　"나는 돈을 증오해." 도로시 할머니가 말했다. "돈. 그건 사람을 타락시키는 주범이야. 우린 이제껏 돈을 많이 가져본 적이 없었어. 난 그게 다행이라고 생각해. 나도 한때 부자가 되고 싶었던 적이 있지. 하지만 지금은 아니야."

　"나랑 결혼하느라 부자가 될 기회를 놓친 거 아냐?" 앨버트 할아버지가 웃었다.

　"어쨌든 중요한 건 돈이 아니에요. 건강이 최고죠." 케이티가 말했다. 그렇게 말한 건 그녀가 아직 이방인이라는 증거였다. 그녀는 우리 집에 어떤 일이 있었는지 또 무엇 때문에 이런 대화의 자리를 마련한 것인지 몰랐다. 케이티가 한 말 때문에 어색한 침묵이 감돌려는 찰나 아빠가 특별한 포도주 한 병을 가져왔다. 아빠는 식구들 잔에 일일이 포도주를 채워주었다. 그러곤 일어서 잔을 높이 들었다. "축하해야 할 생일이 있다는 거 잊지 않았죠?" 아빠는 파티 분위기가 한껏 서려 있는 말투로 미소를 지으며 말했다. 낮고 묵직한 목소리가 마치 반역을 도모하는 자 같았다. "대니를 위해 건배!"

그래서 우리는 모두 일어섰다. 아무도 말이 없었다.

저녁밥을 먹은 다음 나는 가족이 여전히 대니의 방이라고 부르는 아래층 방으로 내려갔다. 거기엔 내 레코드플레이어가 있었고, 존의 다트보드도 있었다. 하지만 우리는 그 방에 잘 들어가지 않는다. 엄마는 우리가 대니 오빠의 방에 좀 더 자주 들어가기를 바란다. 엄마도 그 방에 타자기를 놓아두지만, 그걸 쓸 때면 거실로 갖고 나온다.

벽에는 대니 오빠 사진이 걸려 있다. 얼굴만 나온 사진이다. 덕분에 나는 늘 오빠의 얼굴만 본다. 열 살쯤 되었을까. 사진 속의 대니 오빠는 머리를 뒤로 젖힌 채 웃고 있다. 내가 마지막 순간의 오빠 모습을 떠올리려고 노력할 때마다, 웃는 얼굴이 눈앞에 나타났다간 사라져버린다.

나는 전축을 켰다. 디스코장에서 만난 어떤 사람을 떠올리게 해주는 특별한 음악이 흘렀다. 나는 대니 오빠가 쓰던 침대에 걸터앉아 나지막이 노래 가사를 읊조렸다. 고양이 패디가 보였다. 녀석은 황혼녘의 사과나무 주위를 어슬렁거리고 있었다. 사과들이 무성한 초록 잎사귀와 진갈색 가지 사이에서 은빛으로 빛났다.

엄마는 목욕탕에서 나오던 길에 안을 들여다보고 전등불을 켰다. "괜찮니?" 엄마가 물었다.

"물론이죠. 왜 이상해 보여요?"

엄마가 방 안으로 들어와 커튼을 쳤다. "대니 생각하니?"

"그러려고 모인 거 아니에요?"

"그것도 그렇지만, 다른 일도 있잖아. 너 지금 엄마가 무슨 생각하고 있었는지 아니? 이제 집에 빈 방이 두 개나 생기는구나, 하는 거였어. 이게 바로 중년이 되었다는 뜻인지도 모르지, 제스야. 빈 둥지들 말이야."

노래가 끝나자 전축에서 찰칵 소리가 났다. 엄마와 나는 아무 말 없이 앉아 있었다.

나는 엄마한테 뭔가를 말하고 싶었다. 이전엔 결코 말할 수 없었던 그런 거였다. 지금 말하지 않고 집에 다시 돌아올 때까지 미룬다면, 다시는 기회가 오지 않을지도 몰랐다. 그땐 내가 다른 사람이 되어 있을지도 모른다.

"대니 오빠 얘길 좀 하고 싶어요."

엄마는 잠자코 있었다. 슬퍼 보였다.

"제가 오빠한테 끔찍한 말을 했더랬어요, 그날 말이에요."

"알고 있어." 엄마가 대답했다.

"엄마, 대니 오빠가 내 말을 알아들었을까?"

엄마가 고개를 저었다. "이미 너무 늦었어." 엄마는 손가락 끝으로 눈을 지그시 눌렀다. 책을 읽다가 피곤해지면 엄마는 종종 안경을 벗고 그렇게 했다. "비밀 얘기 하나 해줄까? 엄마가 결코 입 밖에 내서는 안 될 말을 한 적이 있단다. 어린이 종합병원 근처 공원에 있을 때였지. 아주 작은 연못가에. 네 아빠랑 나는 대니가 오리들한테 빵 부스러기 던져주는 걸 지켜보던 참이었어. 그때 나는 대니한테 앞으로 무슨 일이 벌어질지 알고 있었지. 난 그 아이의 운명에서 대니를 지켜주고 싶었어. 그러면서 동시에, 내 생각엔, 내 자신을 보호하려고 한 거 같아. 그래서 끔찍한 소릴 입에 담았단다. 하지만 그런 말을 했다고 부끄러워할 필요는 없어. 사랑에 대한 표현이었으니까."

"케이티가 집에 간대요, 여러분." 존 오빠가 부엌에서 소리 질렀다.

"엄만 뭐라고 말했는데?" 내가 물었다. 엄마가 내 손을 쓰다듬었다. 그러고는 손님을 배웅하려고 일어섰다.

"모두들 안녕히 계세요." 케이티가 큰 소리로 인사했다. "제스야! 드디어 내일 떠나는구나!" 케이티가 다가와 나를 얼싸안았다.

"스티브한테 안부 전해줘." 내가 말했다.

아빠와 내가 나머지 그릇들을 치우는 동안, 엄마는 할아버지 할머니와 얘기를 나누러 들어갔다. 나는 엄마의 눈을 쳐다볼 수가 없었다. 마침내 존 오빠가 케이티를 배웅하고 돌아왔다. 케이티네 집부터 뛰어왔는지 오빠는 숨을 헐떡였다. 몸에서 더운 김이 피어오르는 것 같았다. 존 오빠가 의자에 털썩 주저앉았다.

"아빠, 진짜로 리벨린 댐까지 뛰었어요?" 여전히 숨이 찬 듯 오빠가 물었다. "못 믿겠는데요!"

아빠가 씩 웃었다. 의기양양한 모습이었다.

"브라이디가 살아 있다면 얼마나 좋았을까." 외할아버지가 말했다. "파티 하는 걸 정말 좋아했는데. 그들은 브라이디 집에서 밤새도록 노래하고 춤추고 이야기를 나누곤 했어."

"아버지," 엄마가 말했다. "우리한테 아버지랑 돌아가신 어머니 얘기 좀 들려주세요."

"조씨, 그럼 내 비밀을 말하게 되는 건데." 외할아버지가 대답했다. 말은 그렇게 했지만 외할아버지의 표정엔 동경이 서려 있었다. 자신의 젊은 시절 이야기를 어서 털어놓고 싶은 눈치였다.

"사돈어른이 비밀 얘길 해주신다면, 저도 내 이야길 털어놓을게요." 도로시 할머니가 재촉했다. "우리 남편도 모르는 이야기에요. 극비사항이죠."

그제야 엄마는 나를 쳐다봤다. 엄마의 눈빛은, 내가 이 모든 비밀 이야기와 모든 사랑 이야기, 그리고 이 모든 무시무시한 이야기들까지 함께 나눈 뒤에야 집을 떠날 수 있을 거라고 말하는 것 같았다.

브라이디와 잭

아빠의 무서운 발소리가 잦아들기 무섭게 브라이디 루니는 얼른 코트를 입고 모자를 썼다. 그리고 다녀오겠다는 말을 던진 뒤 마당으로 나갔다. 브라이디는 어둠 속에서 조심조심 얼굴에 분을 발랐다. 엄마가 안 된다고 하는 걸 피해 나온 참이었다. 등 뒤로 동생들이 현관 입구에 서서 낄낄거리는 소리가 들렸다.

"너희들 혼 좀 나볼래?" 브라이디가 신경질적으로 말했다. "도대체 뭐가 우습다는 거야!"

당황한 동생들이 부엌으로 종종걸음을 쳤다. 브라이디는 엄마 발소리가 들리는지 잠시 귀를 기울였다. 그리고 분첩으로 콧등을 가볍게 두드린 다음 찰각 콤팩트 뚜껑을 닫았다.

그녀는 큰길 쪽으로 뛰어 내려갔다. 아빠가 없다는 걸 확인하려고 주변을 둘러본 후, 길을 가로질러 전차 역으로 갔다. 브라이디가 전차에 오르자 사람들이 호기심 어린 눈길로 그녀를 흘끔거렸다. 자신에게 이목이 집중된 걸 느끼고 브라이디는 얼굴을 붉혔다. 브라이디는 남의 시선을 받는 데 익숙했다. 상당히 아름답기 때문이다. 그녀의 어머니도 딸의 미모를 인정했다. 브라이디는 아일랜드 인다운 특징이 잘 드러나는 용모의 소유자였다. 머리카락은 굵고 짙었으며 눈은 새파랬다. 그녀는 자기 의도와 관계없이 사람들의 눈길을 끌었다. 그녀는 또 옷 입는 데도 신경을 많이 썼다. 어머니에게 받은 용돈 전부를 옷 사는 데 쓸 정도였다. 오늘 밤도 그녀는 새로 장만한 케이프 스타일의 겨울 코트를 입고, 옆면에 앵무새를 수놓은 조그맣고 파란 투구 모양의 모자를 쓰고 있었다. 그 모습이 마치 부잣집 딸처럼 보였다. 어디를 봐도 구두 수선공의 딸 같지는 않았다. 브라이디의 부모는 그런 딸이 자랑스러웠다. 물론 교구 신부에게 고백성사를 할 때조차 자신들의 솔직한 심정을 인정하지 않았지만 말이다.

그녀는 자기를 쳐다보는 눈길에 당황해서, 평범한 회색 모자를 쓰고 나올걸 잘못했다고 생각하며, 미소 띤 채 살짝 고개를 까닥이며 전차 뒤쪽으로 걸어 들어갔다. 차장이 요금을 받으러 다가오자 브라이디가 그를 바라보며 겸손하게 미소 지었다.

"이게 누구신가?" 그가 큰 소리로 물었다. "올드 킹 콜* 아니신가?"

한바탕 웃음소리가 터져 나왔다. 브라이디는 좀 언짢아졌다. 그래서 몸을 돌려 전차 창문에 자기 모습을 비춰보려 했다. 그녀는 가방을 열고, 더듬더듬 자개로 만든 조그만 손거울을 찾아, 남몰래 무릎 가까이 꺼내 들었다. 순간 목 주위가 벌겋게 달아올랐다. 도저히 자기 눈을 믿을 수가 없었다. 브라이디는 얼굴을 전부 다 비춰보려고 거울을 들어 올렸다. 양쪽 볼엔 검은 동그라미가 두 개씩 그려져 있었고, 코와 턱 역시 해변에서 민스트럴 쇼**를 하는 사람처럼 새까맸다.

그녀는 손수건을 찾으려고 다시 가방 안을 더듬거렸다. 그 바람에 콤팩트 뚜껑이 열렸고 손에 분가루가 쏟아졌다. 그을음! 문득, 여동생들이 차 마시는 시간에 벽난로 뒷벽을 긁어내면서 웃음을 참지 못하고 낄낄거리던 게 떠올랐다. 그녀는 다시 한 번 거울을 들어 올렸다. 볼 위에 그려진 검은 동그라미 사이로 서서히 눈물이 흘러내리는 게 보였다. 전차가 갑자기 몸체를 흔들더니 멈춰 섰다. 브라이디는 가방을 움켜쥐고 한 손으론 모자를 꾹 누른 채 후다닥 전차 계단을 내려갔다. 그녀는 전차에서 뛰어내린 뒤 무턱대고 거리를 달려갔다. 그러곤 환하게 불을 밝힌 빅토리아 역에 이르기 무

---

* 스코틀랜드의 자장가에 나오는 늙은 왕 이름인데, 석탄이란 뜻을 가진 'coal'과 발음이 비슷해서 브라이디를 놀리려고 쓴 말.
** 백인이 흑인 분장을 한 채 하는 쇼.

섭게 어떤 젊은이의 품으로 뛰어들었다.

"안녕!" 파르르 떠는 브라이디를 다독거리며 그가 말했다. "굴뚝 청소 했어?"

분노의 눈물이 그녀의 볼을 타고 흘러내렸다.

"혼자 있게 해줘." 브라이디가 흐느꼈다. "화장실에 좀 다녀올게."

청년은 그녀를 기다렸다. 이윽고 그녀가 다시 모습을 드러냈다. 그을음을 닦아내려고 문지른 탓에 볼은 빨갛게 되었고 윤이 났으며, 머리카락도 약간 젖어 있었다. 그는 신문을 접어 들고 북적거리는 전차 역에 서서 눈을 깜빡거리고 있는 브라이디에게 다가갔다.

"훨씬 나아졌어!" 그가 말했다. "나도 여기 와서 씻는 게 연중행사라니까!"

브라이디는 화가 나는 걸 참으려 안간힘을 썼다.

"놀리는 거 아니야." 그가 말을 이었다. "걱정하고 있었다고. 그-그래서 너를 기-기다렸잖아."

그가 말까지 더듬는 걸 보고 브라이디는 마음이 가라앉았다. 브라이디는 그가 길모퉁이 음식점에 가서 커피도 마시고 크림 케이크도 먹자고 했을 때, 이를 흔쾌히 받아들였다. 잘생긴 것도 아니었고, 여태껏 자기가 나타나 주기를 바라며 초조한 마음으로 기도했을 게 틀림없는 남자였지만, 브라이디는 이것저것 따지고픈 마음이 없었다. 동생들의 감시의 눈초리를 떨쳐버리지 못한 채 브라이디는 그와 함께 커피숍으로 갔다. 그가 말하는 모습을 바라보는 그녀의 눈길엔 고마움이 서려 있었다. 그는 똑똑하고 멋스러운 젊은이였다. 머리카락과 콧수염은 검은 색이었고 생동감 넘치는 두 눈은 갈색이었다. 그가 말을 자주 더듬은 탓에 자신감 넘치는 대화는 종종 맥이 끊기곤 했다. 그러나 그 덕분에 분위기는 한결 부드러워졌다. 그는 단정한 정장 차림에 목이 짧은 가죽구두를 신고, 노란색 장갑을 끼고, 꼭대기가 은으로 된 지팡이를 가지고 다녔다. 여러모로 브라이디의 차림새와 잘 어울렸다. 하지만 얼마 안 가 그들 사이에 공통점이 별로 없다는 게 밝혀졌다.

브라이디는 식구 많은 아일랜드 가톨릭 집안 딸이었다. "우리 조상들은 처음에 쏠리 가에 있는 테라스 딸린 집에서 살았대. 코딱지만 한 방에 겨우겨우 들어가 살았다나 봐." 그녀가 말했다. 브라이디의 아버지는 아주 엄격한 사람으로 딸들에 대한 감시를 게을리하지 않았다. "너희들 가운데 남자 문제를 일으키는 녀석이 생기면," 그는 조금도 개의치 않고 소리를 지르곤 했다. "다리몽둥이를 죄다 분질러놓을 줄 알아라. 그러니 협조하는 게 좋을 거다." 브라이디는 아버지가 하는 말이 무슨 뜻인 줄 알고 있었다. 브라이디의 부모는 딸들의 미모를 자랑스러워하는 동시에 흘끗거리는 시선들을 적대시하곤 했다. 그러면서도 매주 일요일과 축일에 교회로 갈 때면 어김없이 딸들을 데려갔다. 또 가톨릭 신자가 아닌 사람들에겐 눈길 한 번 주지 않았다. 그들은 때가 되면, 자기 딸들을 교구 내가톨릭 집안 청년들에게 시집보낼 생각이었다.

잭은 교장의 아들이었다. 그는 나이 많은 부모와 아름답고 조용한 집에서 살았다. 그의 아버지는 교장으로서 갖추어야 할 품위를 언제나 유지한 사람이었다. 그는 하나밖에 남지 않은 아들에 대한 실망감을 애써 감추며 살았다. 아들의 지능이 그리 뛰어나지 못한 데다가, 그가 옷과 오토바이 외에는 별다른 관심을 보이지 않았기 때문이다. 잭의 아버지는 아내에게 아들 돌보는 일을 떠맡긴 채 책 읽고 음악 듣는 것을 위안 삼아 지냈다. 잭의 어머니는 전쟁에서 두 아들을 잃은 후 생각이 깊어졌고 슬픔이 무엇인지 알게 되었다. 그녀는 막내아들이 커가는 모습을 늘 걱정스럽게 지켜보았다. "우리는 감사하게 생각해야 돼요." 그녀는 항상 남편에게 이렇게 말했다. "잭이 행복하게 살아가는 것만으로도 말이에요." 그들 부부는 독실한 개신교도였다. 그들이 좋아하지 않던 것은 오직 가톨릭뿐이었다.

잭은 브라이디가 전차를 타는 역까지 함께 걸었다. 그는 그녀를 다시 만나고 싶었다. 잭은 전차가 도착하자 그녀의 손을 따뜻하게 꼭 잡아주었다.

"내일 또 마―만났으면 좋겠어." 그가 불쑥 말했다.

"어디서?" 전차가 멈춰 섰다.

"여기 어때?"

"그러면 일 끝나고 곧장 와야 할 텐데." 그녀가 전차에 오르면서 말했다.

　그는 몇 시가 좋을지 묻고 싶었지만 차마 입 밖으로 말이 나오지 않았다. 상관없어, 어쩔 수 없다면 밤새도록이라도 기다리지 뭐, 그는 생각했다. 전차가 신음소리를 내며 출발했다. 그녀는 손을 흔들며 작별인사를 했다. 하지만 전차가 어둠에 잠긴 거리를 내닫기 시작했을 때 그녀는 곧 통금 시간이 벌써 지났다는 것과 아버지가 집에 계시다는 사실을 떠올렸다. 그녀는 전철역에 내리자마자 달리기 시작했다. 동네 길을 돌면서, 그녀는 자갈 깔린 도로에 얼비친 삼각형 불빛을 보고, 아버지가 자기를 기다리느라 현관 계단에 서 있다는 것을 알아차렸다.

　"이 망나니야, 지금이 몇 시인 줄 알아?" 아버지 목소리가 집 주위에 메아리쳤다.

　"아홉 시 반이요." 그녀는 거짓말해봤자 소용없다는 걸 알고 있었다. 거짓말은 불복종과 마찬가지로 엄청난 죄악일 따름이었다.

　"얼른 네 방으로 올라가!"

　브라이디는 얼른 아버지 팔을 피해 오빠 윌이 난로 앞에서 물을 데우고 있는 방을 지나 올라갔다. 엄마는 테이블 가에 앉아 바느질을 하고 있었다.

　"어서 가지 못해!" 브라이디가 빵 한 조각을 떼어 먹으려고 찬장 있는 데 멈춰 섰을 때, 아버지가 고함을 질렀다. "회개하는 기도드리고 자!" 브라이디는 질겁해서 위층 자기 방으로 달아났다. 그러곧 불도 켜지 않은 채 옷을 벗어 던지고 침대 속으로 뛰어들었다.

브라이디의 아버지는 두 손으로 머리를 감싸 쥐고 테이블 앞에 앉아 있었다. "넌 절대 딸 낳지 마라." 아버지가 말했다. "네 생각엔 저 애가 이 늦은 시간까지 뭘 했을 거 같니?"

"골칫거리예요." 윌이 목욕통에 앉아 고소한 듯 말했다. 그는 이 집안의 유일한 아들이었다.

"맞아, 골칫거리인 게 분명해. 한마디로 애물단지지. 여자애들은 다 그래. 우리 집에도 딸이 많지만, 낸씨도 그렇고, 대체 그 애들이 걱정거리 말고 뭐 보태주는 게 있나?"

"무슨 쓸데없는 소릴 하는 거예요?" 엄마가 조용히 말했다. "저 애들이 없었다면 누가 나를 도와 집 안을 청소하고, 당신들 부츠를 닦고 그랬겠어요? 요리는 또 누가 하구요?"

그 말에는 아무도 대답하지 않았다.

위층에 있던 브라이디의 동생들은 어둠 속에 잠든 척하면서 언니가 언제쯤 욕을 퍼붓고 벌을 줄까 조마조마한 마음으로 곁눈질 했다. 그들은 숨도 제대로 쉬지 못했다.

그러나 브라이디는 그을음 사건을 모두 잊은 터였다. 그녀는 빅토리아 역에서 만난 멋진 젊은이 생각에 미소 지으며 따뜻한 이불 속에 몸을 감았다. 동생들은 눈을 커다랗게 뜬 채 불안한 듯 그녀 옆에 누워 있었지만, 브라이디는 이미 마음 편히 코를 골았다.

그날 이후로 브라이디와 잭은 시간만 나면 함께 있었다. 물론 비밀이었다. 잭은 브라이디를 만나고자 그녀가 사는 동네 끄트머리까지 가곤 했다. 그러나 그 이상 다가가지는 못했다. 그는 8마력이나 되는 굉장한 오토바이를 가지고 있었다. 그녀는 날이 갈수록 오토바이 소리에 익숙해졌다. 그래서 잭이 모습을 드러내기 훨씬 전부터 밖에 나와 기다리곤 했다. 봄이 되자 잭은 브라이디를 오토바이에 태우고 더비셔로 갔다. 그는 묵직한 엔진 소리와 그가 지나갈 때마다 놀라는 행인들의 모습을 마음껏 즐겼다. 언젠가 한번 그들은 소들만 있는 시골길을 운전하다가 길을 잃은 적도 있었다. 어두워진 하늘에 별들이 막 꽃처럼 피어날 즈음이었다. 이리저리 헤매던 그들은 마침내 터벅터벅 일하러 가는 광부들의 행렬을 만났다.

"여기가 어디죠?" 잭이 소리쳐 물었다. 그들의 발아래 땅속에서는 거대한 기계가 콧김을 내뿜으면서 돌진하길 기다리는 황소처럼 몸을 떨고 있었다.

"안녕." 그들 중 한 명이 브라이디에게 지나가다 윙크를 하면서 말했다.

"안녕! 잭, 이제 돌아가는 길 찾을 수 있겠어?" 브라이디가 소리쳤다.

"연료만 충분하면 얼마든지 찾을 수 있지." 잭이 대답했다.

"난 별로 돌아가고 싶지 않아." 브라이디가 끙끙거리며 말했다. "아빠가 나를 찾을 때 집에 있느니 차라리 죽어버리는 게 낫다고."

잭은 냉정하게도 그녀를 집에 데려다 주었다. 그녀는 동네 입구에 이르자마자 바로 오토바이에서 내렸다. 그러곤 안녕이란 말 한 마디 없이 바람처럼 자기 집으로 달려갔다. 몇 미터를 달려 1분이라도 절약하는 게 잠시 후 자기에게 닥칠 가혹한 형벌에서 벗어날 수 있는 길인 것처럼 말이다. 하지만 놀랍게도, 브라이디의 아빠는 그날 밤 술에 취해 돌아온 터라 딸들한테 이것저것 물어볼 겨를이 없었다. 그는 바로 침대로 가서 그대로 잠들었다. 그러나 브라이디의 엄마는 깨어 있었다. 그녀는 저 멀리에서 오토바이 소리가 나는 것을 들었다. 그리고 정신없이 달리는 소리와 아래층으로 살살 기어오르는 발소리에 귀를 기울이고 있다가 브라이디가 도착한 바로 그 순간 문을 열었다. 그녀는 브라이디의 뺨을 세게 때렸다. 덕분에 밤새도록 자기 손도 아팠다.

"만약 네가 죄를 지었다면, 너를 우리 집에서 추방할 테다!" 그녀는 식식거리며 다른 손으로 또 한 번 딸의 뺨을 때렸다.

"아니요. 하느님께 맹세하건대 죄 지은 적 없어요."

"그래, 너도 알다시피 곧 일요일이 된다! 나는 네가 영성체하러 나가는 걸 지켜보고 있을 거다!"

"내일 와서 너희 부모님께 모든 걸 다 말씀드릴 거야." 브라이디가 사는 동네 끝에 이르기 직전 잭이 소리쳤다.

"안 돼, 그러지 마." 그녀가 애원했다. 하지만 일요 미사가 끝나고, 교회 행사를 전부 마치고, 자기 아버지가 일요일을 즐기려고 외출했을 때까지도, 브라이디는 그가 오기를 내심 기다리고 있었다. 그녀는 엄마에게 그를 소개하고 싶었다. 남자친구가 올지도 모른다고 그녀가 말한 터라 여동생들은 잔뜩 흥분해서 2층에서 기다리고 있었다. 브라이디는 창백한 얼굴로 뒷방에서 기다렸다. 그녀는 차라리 그가 오지 않았으면 좋겠다고 생각했다. 시간이 너무 늦은 터였다. 곧 그녀의 아버지가 돌아올 것이다. 왜 그는 아직 나타나지 않는 걸까? 마침내 밖에서 남자친구의 엔진 소리가 들려오자 그녀는 겁에 질려 부들부들 떨었다. 2층에서 동생들이 소리를 질렀다. "그 사람이다. 브라이디 언니 애인이야!" 그녀는, 잭이 문을 두드리고 여동생들은 신나서 아래층으로 내려가는 동안 꼼짝달싹하지 못한 채 컴컴한 방 안에 앉아 있었다. 그러나 정작 문을 열어준 건 오빠 윌이었다. 그는 문 구석에 말없이 기대서서 잭을 바라보고 있었다.

"어떻게 오셨나요?" 긴장한 젊은이의 모습을 관찰하는 윌의 파란 눈엔 장난기가 가득했다. 잭은 그 뒤에서 웃고 있는 다섯 명의 딸들을 바라보았다. 브라이디는 보이지 않았다. 그녀는 어디에 있는 걸까? 밖에 있나?

주눅이 든 그가 말을 더듬기 시작했다.

"브-브-브라이디 있어요?"

"마-마-만약 있다면?"

"나-나를 기다리고 있을 거예요."

"그녀는 늘 크-크-크리스마스만 기다리는데."

"누구 왔니, 월?" 안에서 호기심에 가득 찬 여인의 목소리가 들렸다. 바로 그 순간 브라이디가 뒷방에서 나왔다. 너무 긴장해서 그녀는 추울 정도였다.

"안녕, 잭." 그녀가 나지막이 말했다. "잠깐 들어올래?"

월은 손님이 지나갈 수 있도록 벽에 몸을 납작 붙이고 선 여동생들에게 윙크했다. 잭은 반바지에 스포츠 재킷을 입고 긴 모직 양말을 신고 있었다. 난로 앞에서 분주하게 움직이던 작은 체구의 포동포동한 여자가 깜짝 놀라 그를 쳐다봤다.

"이 젊은이는 누구지?"

"홀 씨에요, 엄마, 제 친구 중 하나죠." 브라이디가 천천히, 쌀쌀맞은 투로 말했다. "어젯밤 제가 왜 늦었는지 설명해주려고 왔어요."

"꽤나 화려한 젊은이로구나!"

매력 있고 영리한 잭은 승리를 거두었다. 그는 브라이디의 엄마에게 딸 여섯 명이 모두 아름다운 이유를 알 것 같다고 얘기했다. 또 자기가 사랑하는 장소인 더비셔를 브라이디에게 보여줄 수 있었던 게 얼마나 기쁜 일이었는지, 그녀를 어떻게 그곳으로 데려갔는지도 털어놓았다. 그러자 루니 부인은 자기 딸이 오토바이에서 떨어지지 않고 안전하게 돌아다녔느냐고만 물어봤다. 그러는 동안 브라이디는 걱정스러운 눈길로 벽난로 위에 걸린 시계만 바라보았고, 꼬마 앤(애칭은 애니)은 안팎으로 폴짝폴짝 뛰어다니며 아빠가 오나 안 오나 감시했다.

"루니 부인, 제 오토바이 한번 구경하시겠어요?" 잭이 물었다. "직접 보시면, 그게 집이나 마찬가지로 안전하다는 걸 알게 될 거예요."

"좋아요!" 브라이디의 엄마가 기대에 부풀어 대답했다. 그녀는 감자를 한번 찔러보고 나서 다시 벽난로 속으로 밀어 넣었다. 그리고 온 가족이 잭을 따라 집 밖으로 나갔다.

그 기계는, 휴식을 취하고 있는 한 마리 짐승처럼, 드러누워 기다리고 있었다. 잭은 소녀들이 오토바이를 둘러싼 채 엄마와 언니 양 옆에서 소매 끝을 잡아당기는 사이 성큼성큼 자신 있게 기계 쪽으로 다가갔다. 그는 평평하게 뻗은 길을 훑어보았다. 출발하기에 좋은 장소는 아니었다. 그가 오토바이를 타고 길 아래로 달리자 애니와 페그가 그 뒤를 따랐다. 그러곤 붉게 상기된 얼굴로 숨을 헐떡이며 다시 돌아왔다. 그가 마침내 세 번째로 집을 지나가는 순간 오토바이에서 쿨룩쿨룩 기침소리와 힘겨운 듯 푸푸거리는 소리가 났다. 그러더니 이내 다시 살아났다. 지켜보던 관중들이 환호성을 질렀다.

"어서 와, 브―브―브라이디!" 그가 불렀다.

그가 무적이라는 이름으로 부르는 오토바이가 몸 아래에서 으르렁거리며 진동하는 동안, 잭은 오토바이 반대편으로 몸을 날려

순식간에 안장 위에 걸터앉았다. 브라이디가 그 뒤를 따라 달렸다. 그녀는 모자가 날아가지 않도록 꽉 붙들어 매고, 스커트를 위로 들더니 오토바이 뒤쪽으로 몸을 훌쩍 날렸다. 두 사람은 승리의 고함을 지르면서 오토바이로 커다란 원을 그리며 집 앞을 돌았다. 모두들 소리치며 손을 흔들었다. 먼지가 소용돌이 치고 조그만 돌조각들이 날아다니는 가운데 잭은 다시 한 번 커브를 돌아 멋지게 내리려다가 그만 중심을 잃고 말았다. 그러곤 딸꾹질하듯 소리를 지르며 집 쪽으로 지그재그 달려갔다. 오토바이는 브라이디의 집을 지나 바로 옆집 문을 들이박고서야 겨우 멈춰 섰다. 기계에선 심한 진동 소리와 헐떡거리는 소리가 났다.

"네가 만약 브라이디 루니라면, 내가 뼈를 모조리 분질러놓을 줄 알아라!"

브라이디와 잭은 팔다리를 허우적거리며 옷에 붙은 까만색 문 조각들을 털어내느라 애를 썼다. 두 사람은 길 저쪽 끝에서 으르렁거리며 달려오는 성난 얼굴을 보고 기겁을 해 물러났다.

"우리 아빠야!" 브라이디가 간신히 말을 내뱉었다.

잭은 한 손으로는 자기 모자를 잡고, 다른 손으로는 브라이디를 붙잡은 채 반대 방향으로 달리기 시작했다. 브라이디의 아빠는 소리를 지르고 숨을 헐떡거리면서 그들을 쫓았고, 페그와 애니 그리고 몇 마리 개들도 그를 따라갔다. 한편 문간에서는 브라이디의 엄마가 앞치마 끝자락으로 가볍게 눈을 두드리며 서 있었다. 그녀가 닦아내는 것이 웃음 때문에 나오는 눈물인지 슬픔 탓에 나오는 눈물인지는 아무도 몰랐다.

그들은 덜컹거리는 전차 뒷좌석에 몸을 실은 채 종착역에 이르는 내내 서로의 생각을 좇고 있었다.

"브라이디, 내가 바라는 게 뭔지 알지, 그렇지?" 잭이 말했다. 물론 희망 사항일 뿐 가망 없는 일이었지만 그는 자기 입으로 꼭 그걸 말하고 싶었다. "나는 너랑 겨-결혼하고 싶어."

그녀는 그를 쳐다보지 않았다. "너 개종할 수 있어?"

"나는 가톨릭 신자가 될 수 없어. 그러지 못한다는 거 너도 알잖아."

"그렇다면 우리 아빠는 절대 결혼을 허락하시지 않을 거야."

전차는 그들을 태우고 천천히 도시 쪽으로 달려갔다. 잭은 자기가 만약 브라이디와 결혼한다면 절대 용서받지 못할 거라는 사실을 잘 알고 있었다. 그것은 부모에 대한 배신 행위였다. 그의 어머니는 이미 두 아들을 잃은 터였다. 이제 와서 어머니에게 상처를 주고 싶지는 않았다. 그는 자기 어머니를 아주 많이 사랑했기 때문이다.

"우리 부모님은 늘 비가톨릭 신자들이 얼마나 사악한지에 대해 말씀해주시곤 했어." 브라이디가 속삭였다. "그런데 그들 중 한 사람과 사랑에 빠져버리다니. 대체 내가 뭐 하는 짓이지? 개신교 신자를 사랑하게 되다니 말이야."

"이건 운명이야." 잭이 그녀를 위로하며 말했다. "너도 어쩔 수 없는 일이잖아."

브라이디는 그의 손안에 제 손을 슬그머니 밀어 넣으면서 두 볼이 뜨거워지는 걸 느꼈다. 이 사랑은, 도저히 멈출 수가 없었다. 그들 사이에는 여전히 시대의 무게만큼이나 깊디깊은 슬픔이 도사리고 있었다. 그들은 전차가 설 때마다 파란 불꽃이 반짝이는 것을 말없이 지켜보며 앉아 있었다. 전차가 브라이디의 집 가까운 곳에 멈춰 섰다. 두 사람은 같이 전차에서 내렸다.

"해결책이 없어." 잭이 말했다. "우리 힘으로 할 수 있는 일은 아무것도 없어."

"어쨌든 우리가 결혼해버리지 않는 한 말이야." 브라이디가 제법 대담하게 대꾸했다.

"네 말은 그러니까 부모님에게 말하지 않고 결혼하자는 거야?"

"나중에 말하는 거야. 그때가 되면 부모님들도 어떻게 하실 수가 없을 거야. 이건 우리 인생이라고. 나는 개신교 신자랑 결혼하는 거 아무렇지도 않아."

"나도 가톨릭교도랑 결혼하는 거 상관없어." 잭이 놀라면서 대답했다.

그들은 천천히 브라이디의 동네로 걸어 들어갔다. 뭔가를 더 말한다는 것도 지극히 위험한 일이었다. 그녀는 집에 들어가 엄마가 식구들을 위해 일요일의 저녁 식사를 준비하는 걸 도왔다. 브라이디 아빠는 딸의 표정에 이상한 슬픔이 서려 있는 걸 보고 화를 꾹 참았다. 잭은 자기 때문에 부서진 문의 주인과 오토바이를 끌고 간 사람들에게 주려고 돈을 조금 놓고 갔다.

한 달 후에 그들은 결혼했다. 두 사람 모두를 위해 날을 주중으로 잡았다. 그들은 하루 일과를 마친 뒤 길모퉁이 음식점에서 밥을 먹고 잭은 그의 집으로, 브라이디는 자기 집으로 갔다. 그들이 빌리기로 한 가구 딸린 셋방은 다음 주말이 돼야 들어갈 수 있을 터였다. 두 사람은 결혼 소식 알리는 것을 마지막 순간까지 미루기로 했다. 도피처가 마련될 때까지 말이다. 그렇게 되면 부모는 아무런 영향력을 행사할 수 없을 터였다. 브라이디는 밤새도록 동생들 사이에 누워 열려 있는 창문 가로 부드럽게 나부끼는 커튼을 지켜보며 밤을 지새웠다. 두려웠다.

이튿날은 일요일이었다. 브라이디가 가족과 함께 미사에 가는 날이었다. 그녀는 동생 폴리 옆에 앉았다. 성당 안은 시원하고 어두웠다. 색색의 스테인드글라스 사이로 비쳐든 햇살이 보석으로 장식한 벤치와 기도하는 사람들의 구부러진 등 위에 떨어졌다. 6월의 꽃으로 장식한 제단은 밝게 빛났고, 공기는 꽃향기와 향냄새로 달콤했다. 그녀는 이 성당을 좋아했다. 성직자가 읊조리는 성가를 들을 때마다 그녀는 여름 정원에서 분주하게 날아다니는 벌 떼들을 떠올리곤 했다. 성스럽고 고요한 미사 의식은 그녀에게 마치 가족처럼 익숙한 것이었다. 그것 역시 그녀 일생의 한 부분이었다. 신도들은 강론을 들으려 다시 자리에 앉았다. 브라이디를 비롯해 그녀의 어린 동생들 모두에게 영세를 베푼 신부는 그녀에게 눈을 맞추고 오직 그녀에게만 말했다.

“당신을 사랑하는 하느님을 부인하면,” 신부가 그녀에게 말했다. “영원토록 불길이 꺼지지 않는 지옥에서 살게 될 것입니다.” 신부의 설교가 그녀의 살갗을 파고들었다. “그리고 당신의 인생 전체가 지옥에서의 한순간이 될 것입니다.” 신부가 계속 말했다. 오직 그녀에게만 하는 소리 같았다. 그의 목소리는 마치 귓구멍에 있는 거미가 몸 안의 신비로운 혈관과 세포와 힘줄을 통과해 그녀가 자기 영혼이 있을 거라고 상상했던 뼛속 깊은 곳 어딘가의 창백하고 어렴풋한 실체 속으로 기어 들어갔다. “길고 긴 인생도 실은 한순간에 지나지 않습니다. 바닷가 수많은 모래알 중 한 알갱이처럼 보잘것없는 것입니다. 아무리 노력한들 우리는 끝없이 펼쳐진 바닷가 모래알들을 다 셀 수 없습니다. 왜냐하면 그것은 끝이 없고……끝이 없기…….” 설교를 마친 신부는 콜록콜록 기침을 하고 발을 질질 끌면서 연단을 내려갔다. 브라이디의 주위에 앉아 있던 엄마와 자매들은 자리에서 일어나 사도신경을 외웠다. 그녀는 몸을 앞으로 굽힌 채 달콤하고 떨리는 목소리에 흠뻑 젖어들었다. 동생 폴리가 무릎을 구부리며 말했다. “브라이디 언니, 언니…….”

"폴리야," 그녀가 소곤거렸다. "나 어제 잭이랑 결혼했어."

"잘했어." 폴리가 대답했다. "브라이디 언니, 얼른 일어나서 사도신경 외워! 잘했어 정말."

미사가 끝나고, 루니 씨가 술을 마시러 간 뒤, 폴리는 엄마한테 결혼 사실을 고백하라며 브라이디를 다그쳤다. 루니 부인은 그다지 놀라지 않았다. 그녀는 자기 딸이 사랑에 빠졌다는 것을 진작부터 눈치 채고 있었던 것이다. 그럼에도 그녀는 좀 실망했다.

"나는 결혼식 올리는 걸 생각만 해도 기분이 좋단다." 그녀가 말했다. "엄마는 벌써 오래전부터 네 결혼식을 준비해왔어. 그런데 정작 난 초대도 못 받았구나."

"성당에서 한 번 더 결혼식을 올리면 안 될까요?" 브라이디가 아쉬운 듯 말했다. 그렇게 되면 그녀는 합창단의 축가와 하얀 드레스를 입은 어린 여동생들과 성직자의 축복을 받으며 결혼식을 올릴 수 있을 터였다.

"음, 아무것도 안 하는 것보다 나을지도 모르지." 루니 부인이 말했다. "아예 처음부터 성당에 다니는 착실한 남자를 찾지 그랬니. 그러면 이 모든 복잡한 상황을 피할 수 있었을 텐데."

"엄마! 그런 애들이 어떤지는 엄마가 더 잘 알잖아요."

루니 부인이 고개를 끄덕였다. 그녀 역시 젊은 날, 선택의 여지가 별로 없었던 탓이다. "우리 가족은 예로부터 개종한 사람이랑은 절대 결혼하지 않았어." 그녀가 한숨을 쉬며 말했다. "이런 전통은 아마도 계속될 거야."

"엄마, 엄마는 이해를 못해요!" 브라이디가 숨을 헐떡이며 말했다. "잭은 가톨릭으로 개종할 수 없어요."

"무슨 소리야? 할 수 없다니?" 루니 부인은 이 끔찍한 소식을 듣고 얼른 눈을 감아버렸다.

"그이가 원하지 않아요." 브라이디가 대답했다. 그녀는 이 사실을 엄마에게 털어놓느니 차라리 고백실에 들어가 신부와 대면하는 편이 나을 거라고 생각했다. "잭은 절대 가톨릭 신자가 될 수 없어요, 엄마. 만일 그렇게 한다면, 그건 자신에게 거짓말하는 게 될 거예요."

"누군가는 거짓말을 해야 돼." 루니 부인이 끙끙거리며 말했다. "누가 이 소식을 네 아버지한테 전할 건데? 난 못 해."

"엄마, 나도 거짓말을 할 수는 없어요. 그건 죄를 짓는 거잖아요." 브라이디는 뼛속까지 한기를 느꼈다.

"네가 그렇게 결혼한 것도 죄를 진 거야, 브라이디 루니. 너 그걸 정말 모르겠니? 교회 입장에서 봤을 땐 넌 결혼한 게 아니라고. 개신교도와 결혼하는 건 인정받을 수 없어. 절대로. 그나저나 신랑은 대체 어디 있는 거냐? 대체 어떻게 된 '남편'이기에 이런 복잡하고 골치 아픈 상황에 신부를 혼자 내버려 두니? 세상에 맙소사, 너는 이런 걸 두고 결혼이라고 하는 거냐?"

잭은 집에서 곰곰이 생각에 잠겨 있었다. 어머니한테 가톨릭교도와 결혼했다는 사실을 대체 어떻게 털어놓아야 할지 퍼뜩 생각이 나지 않았다. 그렇다고 어머니한테 말도 하지 않고 무작정 브라이디와 함께 살러 나갈 수도 없는 노릇이었다. 어떻게든 자기 어머니와 먼저 해결을 보아야 했다. 그는, 일단 가구가 딸린 셋방이 나올 때까지 기다렸다가 직장 동료와 같이 이사한다고 말하기로 마음먹었다. 그렇게 결정하고 나니 한결 마음이 편해졌다. 하지만 그것 역시 어머니한테는 상처가 될 터였다. 그는 결혼식을 올린 뒤이틀 밤 내내 난롯가에 앉아 석탄을 뒤집고 불꽃을 살리며 지새웠다. 아무런 생각도 할 수 없었다. 어머니가 슬픔에 잠긴 눈길로 자기를 쳐다보고 있다는 건 알았지만, 그럼에도 그 눈을 마주 볼 수는 없었다.

"잭, 너 무슨 일 있지?" 결국엔 어머니가 먼저 그에게 물었다.

"아무것도 아니에요, 엄마. 호―혼자 있게 해주세요." 그는 석탄을 쪼개 불꽃이 뿜어 나오게 했다. 어쩔 줄 모르고 움직이는 팔 그림자가 벽과 천장을 넘나들었다. 어둠의 주머니 속에 갇힌 것처럼, 그의 두 눈은 미동도 없었다. 예전에는 어머니에게 숨기는 게 단하나도 없었다. '내가 만일 이 사실을 어머니께 모두 말씀드리면, 분명 마음을 다치실 텐데.' 어머니가 자기를 바라보는 동안 그는 이렇게 생각했다. '하지만 난 여기서 또 뭘 하고 있는 거냐고? 새색시가 기다리는 마당에 여기 앉아 이틀 밤을 꼬박 새우고 있다니.'

그가 부지깽이를 내던지고 밖으로 뛰어나갔다. 잭의 엄마는 난
롯가에서 앞으로 굴렀다 뒤로 굴렀다 하는 부지깽이를 주워 받침
대에 세워놓고, 창가로 갔다. 그러곤 아들이 마당에서 오토바이에
시동 거는 모습을 보면서 슬픔에 잠겼다.

"이 늦은 시간에 저 애가 대체 어딜 가는 거요?" 공부에 방해를
받은 잭의 아버지가 화를 내며 말했다.

"잭은 이제 어린애가 아니에요." 그녀가 대답했다. "그 앤 다 자
란 성인이라고요, 여보. 그리고 지금 저 애는 마음의 병을 앓고 있
어요."

잭이 도착했을 때 브라이디는 침대에 있었다. 그는 그녀의 방이
집 앞쪽에 있는지 아니면 뒤쪽에 있는지 알지 못했다. 그래서 어떻
게 알려야 할지 생각이 나질 않았다. 그는 현관문을 두드렸다. 루
니 씨가 문을 열었다.

"무슨 일이죠?" 잭을 본 적이 없는 그가 물었다.

"브-브-브라이디 때문에 왔는데요."

"브라이디 때문에 왔다는 게 무슨 소리요?" 그가 고함을 치르는
통에 집안 전체가 깨어났다.

잭은 계단 위에 서 있는 브라이디를 보았다. 그녀를 보자 힘이 솟
았다.

"브라이디는 제 아내가 되었어요."

비록 겁이 나긴 했지만 잭은 웃지 않을 수가 없었다. 그녀도 마찬가지였다.

루니 씨가 돌아서 브라이디를 끌고 문 앞으로 내려왔다.

"그게 사실이냐?"

"네, 아빠." 그녀가 작은 소리로 대답했다. "우리는 토요일에 결혼했어요."

루니 씨가 자기 딸을 노려보았다. 믿을 수 없다는 마음과 놀라움, 그리고 분노가 교차하는 얼굴이었다. 갑자기 그리움이 밀려들었다. 사실 그에게 로맨스보다 달콤한 것은 없었다.

"브라이디, 너 몇 살이지?" 그가 딸에게 물었다.

"스물한 살이요."

"아무리 그래도 넌 아직 어린애야." 그가 부드럽게 말했다. "젊은이, 당신이 이제부터 이 아이를 책임져야 해."

그는 얼른 브라이디를 현관 밖으로 밀어내고 문을 쾅 닫아버렸다. 눈매가 축축해졌기 때문이다.

"하지만, 아빠!" 브라이디가 문을 두들기며 불렀다. "전 잠옷도 갈아입지 못했다고요."

"딸아, 넌 벌써 다른 곳에 침대를 준비해뒀잖니." 그가 문 반대편에서 빗장을 걸어 잠그며 거칠게 대꾸했다. "이제 그리 가서 자야 해."

“이제 우리 어떻게 해야 되지?” 브라이디가 물었다.

“우리 부모님한테 가서 사실대로 말씀드려야지.” 잭이 대답했다. “같이 가자. 실은 우리 처음부터 이런 식으로 했어야 돼. 전부 잘못한 거야.”

그는 재킷을 벗어 브라이디의 어깨에 둘러준 다음 ‘무적’에 시동을 걸었다. 그리고 발을 지쳐가며 길을 위 아래로 내달렸다. 이윽고 엔진 돌아가는 속도가 빨라지자 그들은 잭의 부모가 사는 집을 향해 출발했다. 긴 여행이 될 터였다. 브라이디는 그의 등을 바싹 끌어안고 눈을 감았다. 그가 씩 웃었다.

“행복해?” 잭이 소리쳤다.

그녀는 고개를 끄덕이며 편안하게 미소 지었다. 물론 잭이 자기의 행동을 볼 수 없다는 걸 그녀도 알고 있었다. 그는 노래를 부르기 시작했다. 바람 때문에 이따금 호흡이 막히고 길 위의 움푹 팬 곳과 돌멩이 때문에 목소리가 흔들렸지만 말이다. “나와 브라이디는 우리 둘만을 위해 준비된 오토바이를 탔다네…….” 그러자 브라이디가 웃기 시작했다. 깔깔 웃으며 소리를 질러댔다. 두 사람은 이번 사건처럼 끔찍하면서도 멋진 일은 두 번 다시 일어나지 않으리라는 걸 알고 있었다.

*

잭의 엄마는 그들이 오는 소리를 들었다. "여보," 그녀가 남편을 불렀다. "잭이 돌아왔어요." 그녀는 두 사람이 들어오도록 문을 열어놓았다. 그리고 남편과 함께 품위 있게 꾸며진 현관에 아무 말 없이 서 있었다. 브라이디와 잭은 손을 잡고, 노래를 부르고, 깔깔대며 들어왔다. 그러나 이내 조용해졌다.

"브라이디예요." 아버지를 쳐다보며 잭이 말했다. "브라이디는 가톨릭교도이고, 제 아내가 됐어요."

브라이디의 잠옷에는 기름이 묻어 있었다. 그녀의 손과 두 볼은 바람을 맞아 빨갛게 달아올랐고 머리카락은 엉망진창으로 엉킨 채였다. 잭의 아빠는 응접실로 들어갔다. 선반 위에 책 올려놓는 소리가 들렸다.

"너는 여기 있을 수 없단다." 잭의 엄마가 브라이디에게 말했다. "미안하다."

세 사람은 아무 말 없이 서 있었다. 일찍이 잭은 복도에서 울리는 시계 소리가 그토록 큰 줄 몰랐다.

"전 갈아입을 옷도 없어요." 브라이디가 말했다.

"그래 알았다. 내 방에 올라가서 마땅한 게 있나 찾아보자."

두 여자는 서로 쳐다보지 않았다. 브라이디는 잭의 엄마를 따라서 세련미 넘치는 계단을 올라갔다.

"우리는 갈 곳이 없어요." 자기 어머니가 다시 내려오자 잭이 말했다. "가구 딸린 셋방을 빌리긴 했지만, 토요일까지는 우리 게 아니거든요."

"이곳도 너에겐 좋은 가정이야." 그녀는 이렇게 말하고서 남편이 있는 응접실로 들어갔다.

화가 난다기보다 슬픔 마음이 앞섰다. 잭은 위층으로 올라가 작은 배낭에 옷가지들을 챙겨 넣었다. 자기들이 어떡해야 할지 그는 도무지 짐작할 수도 없었다. 그는 브라이디가 아래층으로 내려가는 소리를 듣고 방에서 나왔다. 그녀는 엄마의 제일 좋은 옷 가운데 하나를 입고 있었다. 연파랑 씰크로 된 아주 값비싼 옷이었다. 그는 자기 엄마가 브라이디에게 그 옷을 권했으리라는 걸 알고 있었다.

"정말 예쁜데." 그가 힘없이 말했다.

잭의 부모가 함께 응접실에서 나왔을 때 잭과 브라이디는 현관으로 가는 복도에 서 있었다. 노인의 목소리는 엄격하고도 상냥했다.

"너희들이 여기서 사는 건 있을 수 없는 일이다." 그가 말했다. "잭, 네 행동은 참으로 유감스럽다. 하지만, 나는 이제 너희 두 사람이 남편과 아내라는 것을 인정하겠다." 그는 말을 이어가지 못한 채 잭에게 돈이 든 지갑을 하나 건네주었다.

"양심 헌금이군요!" 자기 엄마의 성격을 그대로 물려받은 브라이디가 선뜻 말했다. 잭이 자기 손을 그녀의 팔에 얹었다. 잭은 부모가 무슨 뜻으로 그 돈을 주었는지 알고 있었다.

"호텔을 하나 찾아가 보렴." 그의 엄마가 말했다. "신혼여행 삼아 말이야. 아버지랑 엄마는 너희 두 사람에게 그 편이 좋을 거라고 생각했단다. 너희가 돌아올 때 즈음이면 들어가 살 수 있는 집이 생기잖아. 우리 생각엔 그게 최선인 것 같다."

잭의 부모는 그들이 나가는 것을 보지 않았다. 하지만 그들은 아들이 모는 오토바이가 큰 소리를 내며 집에서 점점 멀어진다는 것과 그들이 더비셔로 향한다는 것을 알고 있었다. 얼마 후 오토바이 소리는 완전히 사라졌다. 그럼에도 잭의 부모는 여전히 그 소리가 들리는 것 같다고 생각했다. 그리고 그들은 아무 말도 하지 않았다.

"그리고 나서 우리는 첫째 딸에게 조지핀(애칭은 조씨)이라는 이름을 지어주었지. 우리 아버지 이름을 본떠서 말이야." 잭 할아버지가 말했다. "조지핀이 태어나자 양쪽 부모님 모두 손발을 드셨단다. 특히 우리 아버지한텐 조씨 네가 세상 전부였지." 엄마가 앞을 가로질러 가더니 할아버지 곁에 앉았다.

"그런데 말이지," 도로시 할머니가 말했다. "내 경우는 좀 달랐어. 나한텐, 해도 되는 게 뭐고 안 되는 건 뭔지 알려줄 엄마가 없었거든. 우리 아버지는 일하느라 너무 바빠서 내게 무슨 문제가 있는지 생각해볼 겨를도 없으셨지. 그리고 앨버트는 옆집 사는 소년이었어. 아니 옆집 사는 것처럼 가깝게 느껴졌던 아이였지. 하지만 나도 너랑 비슷했단다, 제스야. 알다시피, 꿈이 많은 소녀였지. 나는 백마 탄 왕자님을 원했거든……."

쇠를 가는 소녀

옛날 옛적 어떤 공주가 살고 있었다네,
옛날에, 옛날에.
옛날 옛적 어떤 공주가 살고 있었다네,
옛날 옛적에.

"돌리! 네 차례야!"

루이 홀리는 꼬마 동생 도로시를 아이들이 둥그렇게 둘러서 춤 추고 있는 가운데로 밀어 넣었다.

"돌리, 눈 가려! 왕자가 오는 걸 보면 안 돼!"

여섯 살배기 도로시가 그을음 묻은 손가락으로 양쪽 눈꺼풀을 꼭 누르고 낄낄거렸다. 아이들은 하나같이 맨발로 서서 도로시를 가운데 둔 채 자잘한 석탄 위에서 춤을 추고 있었다. 도로시는 그들을 볼 수 없었다. 하지만 박수 치는 소리와 휙휙 지나가는 소리는 잘 들렸다. 도로시는 까만 형상들이 떠다니는 빨간 바다*에 있었다.

그녀는 커다랗고 높은 탑 속에 혼자 살았네…….

도로시는 루이의 목소리를 분간해낼 수 있었다. 커다랗고 날카로운 소리였다. 그 소리는 이쪽에서 들리는가 싶더니 저쪽에서도 들렸다. 아이는 시커먼 형상들이 휙휙 스쳐 지나갈 때 공기가 움직이는 걸 느꼈다.

심술궂은 마녀가 주문을 걸었네…….

비티 아주머니를 일컫는 말이었다. 모두들 그걸 알고 있었다.

주위의 나무숲이 점점 크게 자랐다네…….

---

* 환한 곳에서 눈을 감고 있으면 어둠이 불그스름하게 느껴지는 상태를 이른다.

갑자기 공기 흐름이 빨라졌다. 아이들은 팔을 내밀어 높이 치켜 세우더니 도로시를 밀어붙이기 시작했다. 그 순간 도로시는 고개를 숙이고 치마 속에 안전하게 머리를 묻었다. 아이는 누군가 전속력으로 달려오는 소리를 들었다. 묵직한 장화를 신고 뛰는 소리였다. 원 밖에서 들리던 소리가 빙글빙글 돌면서 도로시에게 점점 가까워졌다. 아이는 숨을 몰아쉬었다. 잔뜩 긴장이 됐다.

잘생긴 왕자님이 말을 타고 달려왔네,
　　　　말을 타고 달려왔네, 말을 타고 달려왔네.
잘생긴 왕자님이 말을 타고 달려왔네,
　　　　말을 타고 달려왔네.

왕자가 멋지게 행동할 차례였다.

왕자님은 검을 들어 나무들을 베었네…….

주위는 온통 날카로운 웃음소리로 가득했다. 아이들이 잘 생긴 왕자님의 팔에 쓰러지면서 소리를 질러댔기 때문이다. 도로시는 차가운 석탄 더미 위에 맥없이 쓰러졌다. 머리카락이 흩어져 내려 아이의 얼굴을 가려버렸다.

왕자님이 입을 맞춰 공주를 깨웠네…….

왕자가 아주 힘껏, 도로시를 잡아 일으켰다. 덕분에 아이는 손목
이 아팠다. 아이의 두 주먹 역시 얼굴에서 힘없이 떨어졌다. 지저
분한 코에 팔다리가 엄청 큰 왕자 앨버트 브래들리는 도로시의 등
을 안고 허리를 굽혀 입을 맞췄다.

모두들 이제 행복하다네,
이제 행복하다네, 이제 행복하다네…….

아이들은 깔깔거리며 길 아래로 흩어졌다가 다시 모여들었다.
그리고 도로시와 앨버트를 끌어당겨 손에 손을 잡았다. 그때 비티
아주머니가 도로시의 집에서 나와 스커트에 손을 문지르며 소리
를 질러댔다.
"루이! 도로시! 얼른 들어와. 너희 엄마 아기 가졌대!"

모두들 이제 행복하다네,
이제 행복하다네, 이제 행복하다네…….

도로시는 침실 창에서 바깥을 내다봤다. 슬며시 웃음이 나왔다.

꼬마 동생들이 거기 있었다. 그때 루이 언니가 나타나 같이 게임하고 놀던 꼬마들을 몰고 들어왔다. 그러곤 도로시가 애들 잘 준비 시키는 걸 도왔다. 루이 언니는 스무 살이었다. 언니는 얼굴색이 어둡고 좀 이상스러운 길버트라는 남자와 결혼한 터였다. 그 당시 길버트는 루이 언니를 무척 소중히 여겼다. 언니는 두 집 건너 시끌벅적 정신없는 집에 살고 있었다. 루이 언니는 수다스럽고, 편안하고, 또 명랑한 여자였다. 도로시와 조금도 닮은 구석이 없었다. 아버지 말에 따르면, 도로시는 조용하고 겁 많고 천성적으로 걱정이 많은 아이였다. 그럼에도 도로시는 열네 살 적부터 집안일을 건사하고 어린 동생들을 돌봐야 했다. 엄마가 아기를 낳다 세상을 떴기 때문이다. 그 뒤로 아버지는 마음을 꼭 닫아버렸다. 늘 굳어 있고, 냉정했으며, 말도 별로 하지 않았다. 도로시가 아버지마저 잃어버린 것 같다고 느꼈을 정도였다. 그는 어떤 자식한테도 시간을 내어주지 못했다. 그래서 옆집 사는 비티 아주머니에게 대가를 지불하고 자신이 제철공장에 나가 일하는 동안 도로시를 도와주도록 했다. 나이 지긋한 비티 아주머니는 그의 모든 자녀들이 태어나는 걸 지켜본 사람이었고, 자기 대신 도로시 엄마의 입관 준비를 해준 사람이기도 했다. 도로시의 아버지는 꼬맹이들이 잠자리에 들 때까지 바깥에서 술을 마셨다. 아버지가 집에 들어오면 도로시는 식사를 따뜻하게 데웠고, 그런 딸아이의 모습을 아버지는 한마디 말도 없이 지켜보곤 했다. 도로시는 너무나 조용한 아이였다. 그리고 아내를

쏙 빼다 박은 딸이었다. 언젠가 도로시가 접시를 놓느라 몸을 구부렸을 때였다. 그는 애정을 표현한답시고 딸아이의 머리카락을 툭 쳤다. 아이는 깜짝 놀라 아버지를 쳐다보았다. 아이들에게 어떻게 자기 마음을 나타내야 할지 잊어버린 탓이었다.

그는 도로시가 집에 있으면서 자신을 위해 집안일을 말끔하게 해주길 바랐다. 그러나 루이는 도로시를 설득해 자기가 근무하는 곳에서 일하게 했다. 마을에 있는 대규모 칼 공장에서 쇠에 광택을 내는 일이었다. 그들의 엄마도 거기서 일했고, 비티 아주머니 역시 그 공장에서 젊은 시절을 보냈다. 도로시는 날마다 일터의 냄새를 묻힌 채 집에 돌아왔다. 옷이며 살갗, 머리카락에 속속들이 배어 있는 쇠 냄새를 어찌할 도리가 없었다. 그녀의 아버지는 그 냄새를 무척이나 싫어했다. 도로시도 마찬가지였다.

오늘은 도로시한테 아주 특별한 날이었다. 1931년 2월 26일 토요일, 도로시가 열일곱 살이 되는 날이었다. 또 칼 만드는 일에 종사하는 사람들을 위한 무도회가 열리는 날이기도 했다. 그녀가 다니는 회사에서는 해마다 마을에 있는 커틀러스 홀에서 무도회를 열었다. 이번에는 회사에서 일하는 전 직원이 무도회에 초대받았다.

"돌리, 멋진 생일이 될 테니 두고 봐!" 루이가 말했다. 덩치는 크지만 어수룩한 남편 길버트가 루이 혼자 파티에 가도 좋다고 허락했기 때문에 그녀는 무척 기분이 좋았다. 또 한참 애를 먹긴 했지만 도로시를 파티에 데려가는 데도 성공한 터였다. 물론 그녀 역시 파티장에 가서는 마음껏 즐길 참이었다. 줄줄 따라다니는 길버트도 없으니 말이다.

도로시는 너무 긴장한 나머지 하루 종일 몸이 굳어 있었다. 댄스 파티에 가는 게 난생처음이었기 때문이다. 물론 자기 생일을 축하하는 경우도 처음 있는 일이었다.

“돌리 얼른 내려와, 멋 좀 내야지!” 루이가 위층에 대고 소리쳤다. 도로시는 일터에서 더러워진 손과 얼굴을 닦고, 숱 많은 긴 머리를 감으려고 아래층으로 뛰어 내려왔다. 도로시와 루이는 서로 깨끗이 닦아주었다. 그러고 나서 루이는 도로시를 난롯가에 앉힌 다음 머리를 구불구불하게 말아주었다. 그들은 한없이 재잘거리면서, 머리 집게들이 석탄 열기에 빨갛게 달아오를 때까지 들고 있다가, 그걸로 얼른 도로시의 머리를 둥글게 말았다.

“움직이면 안 돼,” 루이가 명령조로 말했다. “몸을 비틀면 모양이 엉망 된다고.”

“너 그러다 동생 머리 다 망치겠다.” 비티 아주머니가 주의를 주었다. 아주머니는 자매가 입고 갈 드레스를 다림질하고 있던 참이었다. 그녀는 얼굴 가까이 다리미를 대고 온도가 적당한지 살폈다. 다리미에 침을 한 방울 떨어뜨리자 쉬싯 소리가 났다. “스물한 살이 되기도 전에 머리가 다 빠질 거야, 두고 보렴.”

“상관없어요.” 루이가 귓구멍에 금이 갈 만큼 큰 소리로 깔깔거렸다. 목소리만으로도 뼈를 반 정도 부러뜨릴 것 같았다. "오늘 밤에 예쁘면 그만이죠 뭐."

비티 아주머니는 따끈따끈한 드레스를 의자 등걸에 걸쳐놓고 편히 앉았다. 그녀가 아무렇지 않게 잔소리를 시작했다. "내가 소녀였을 때만 해도 젊은 여자가 머리를 전부 드러내는 건 어림없는 일이었어. 상상도 못할 일이었지." 하지만 비티 아주머니가 도로시 또래였던 게 1876년이었으니, 그 당시 젊은 여성들의 세계란 루이나 도로시에게 낯선 나라 이야기였다. "난 살아오면서 엄청난 변화를 겪었단다. 너희들 인생에서 마주치게 되거나 아님 그렇게 됐으면 하고 바라는 그 이상으로 말이야. 모든 게 아주 고약했지." 그녀는 코코아 잔에 대고 그르렁거리는가 싶더니 잠이 들어버렸다. 그래서 도로시가 레이스 스타킹을 신고 아주머니와 함께 만든 빨간 꽃장식이 달린 파란색 공단 드레스 입는 모습을 지켜보는 재미를 놓치고 말았다.

꼬마 동생들은 구경거리라도 난 듯 누이들이 집을 나서기 전까지 곁에서 북적거렸다. 아이들이 떠들어대는 소리에 비티 아주머니가 다시 잠에서 깨어났다. 그녀는 홀아비 아버지가 제철공장에서 야간작업을 하는 동안 아이들을 돌봐 줘야 했다. 그 대가로 그녀는 자기 능력으론 어림없던 난롯불을 땔 수 있었다.

"그만하면 예쁘다, 예뻐." 아주머니가 중얼거렸다. 그러곤 루이와 도로시가 얼굴에 분을 채 바르기도 전에 다시 잠에 빠져들었다.

그들은 슬그머니 밖으로 나갔다. 그러곤 팔짱을 끼고 자갈길을 가로질러 친구들이 기다리는 전차 역으로 달려갔다.

커틀러스 홀은 시내 중심부에 가까운 처치 가에 있었다. 홀 창문마다 환한 불빛이 반짝거렸다. 거리는 전차와 자동차 소리로 혼잡스러웠지만 그들은 홀 밖에서 오케스트라의 선율을 들을 수 있었다. 재잘거리는 목소리와 웃음소리도 들렸다. 도로시는, 수줍은 듯, 언니 팔을 붙잡고 홀 입구 쪽으로 발걸음을 떼었다. 그녀는 까만색과 초록색이 어우러져 마치 대리석처럼 빛나는 벽과 크리스털 샹들리에, 발그스름 윤이 나는 마룻바닥, 높은 기둥, 화려하게 장식된 천장, 무도회장으로 들어가려면 밟고 올라가야 하는 넓고 웅장한 계단을 황홀하게 쳐다봤다. 연초록색 씰크 드레스를 입은 어떤 여인이 젊은 남자의 팔을 잡고 살랑살랑 옷자락 스치는 소리를 내며 계단 꼭대기부터 내려오더니 침착하고 가볍게 바닥에 섰다. 그녀는 몸을 돌려 다가오는 한 무리의 사람들에게 미소를 지었다. 뒤에 있던 대형 거울 때문에 그녀의 모습은 마치 벽 주위에 그려진 한 폭의 그림 같았다. 그녀의 파마머리는 바다에 이는 파도처럼 깊이 물결치고 있었다. 최신식 스타일이었다. 또 목 주위에선 진짜 보석들이 빛났다.

"사장님 부인이야." 루이가 소곤거렸다. "그리고 저 남자는 사장 아들인 에드워드 씨야. 진짜 근사하지!" 그녀가 큰 소리로 웃었다. 언제나 그렇듯 찢어지듯 날카로운 소리가 났다. 계단에 있던 사람

들이 슬쩍 고개를 돌려 도로시와 루이를 쳐다보더니 이내 시선을
거두었다. 도로시는 얼굴을 붉혔다. 하지만 언니의 교양 없는 태도
때문에 그런 게 아니었다. 에드워드 씨 때문이었다. 세상에서 가장
유명한 칼 제조회사 가운데 하나를 운영하는 소유주의 아들과 눈
길이 마주친 데다 그가 도로시를 뚫어져라 쳐다봤기 때문이다.

그녀는 저녁 내내 그가 자신을 주시한다는 것을 느꼈다. 특히 그
녀가 이전에 작업장에서 들었던 노래들을 흥얼거리며 기쁨에 겨
워 춤을 출 때 그랬다. 작은 오케스트라는 「대니 보이」「캐서린, 내
가 당신을 집으로 다시 데려다 줄게요」「피카르디엔 장미꽃이 만
발하고」 같은 곡들을 연주했다.

"내가 장담하는데 말이죠," 어떤 목소리가 그녀의 귓가에 속삭
였다. "당신이 여기서 가장 아름다워요. 그거 알고 있어요?"

"제가요?" 뺨에 와 닿는 그의 숨결이 따뜻하게 느껴졌지만, 그녀
는 감히 고개를 돌려 에드워드 씨를 바라볼 수 없었다.

"당신 눈은 블루벨 꽃처럼 아름다워요."

그녀는 뷔페 테이블 위에 놓인 케이크 접시에 눈길을 주며 미소
지었다.

"다음번 춤은 저랑 같이 추겠어요?" 그가 계속 말했다. "하지만
거절 같은 건 받아들이지 않겠어요."

그녀는 친구들이 어디 있나 둘러보았다. 하지만 모두들 다른 데
로 가고 없었다. 담배를 피우거나 발갛게 달아오른 볼에 분을 바르

고 있었다. 에드워드 씨가 그녀의 어깨 위에 손을 얹고 홀 한가운데로 이끌었다. 음악이 연주되길 기다리는 사이 그녀는 감정을 억제하느라 경직된 자세로 서 있었다. 도로시는 춤추는 법을 제대로 알고 있었다. 루이가 가르쳐준 덕이었다. 비티 아주머니가 콧노래를 부르며 끄트머리가 쇠로 된 지팡이로 박자를 맞추는 동안 루이는 부엌 선반 아래서 도로시에게 춤추는 법을 가르치곤 했다. 그러면 꼬마 동생들은 잠옷을 입은 채 부엌 의자에 걸터앉아 그 모습을 구경했다. 도로시는 그곳에서 추는 춤을 모두 알고 있었다. 그녀의 두 발은 엄마가 그랬던 것처럼 가볍고 경쾌하게 움직였다. 에드워드 씨 역시 춤을 잘 췄다. 이제 그녀는 모든 사람의 눈길이 자신에게 쏠려 있다는 걸 알았지만, 상관하지 않았다. 그녀는 참석한 다른 소녀들에게 자신이 승자라는 걸 확인시켜주고 싶었다. 춤이 끝났을 때에도 그는 여전히 도로시에게 팔을 두르고 있었고 그의 눈길은 뭔가를 더 원하는 듯 그녀에게 고정되어 있었다. 마침내 음악이 멎고 춤추던 사람들 모두 제자리로 돌아갔지만 도로시는 그 순간이 영원히 지속되길 바랐다.

그러나, "에드워드! 에드워드!" 하고 그의 어머니가 재촉하는 소리가 들렸다. 물결치는 파마머리 아래 드러난 부드러운 얼굴과 대조적으로 성급하고 그늘진 목소리였다. 에드워드 씨가 풀 죽은 얼굴로 그녀를 끌어안았다.

"무도회 끝난 다음에," 그가 속삭였다. "가지 말고 나를 기다려주겠어요?" 하지만 그는 도로시를 쳐다보는 게 아니라 자기 엄마를 보면서 말했다. "그러겠다고 대답해요." 그가 덧붙였다. "집까지 데려다 줄게요."

'집까지 데려다 줄게요.'라니! 도로시네 동네엔 이제껏 자동차가 드나든 적이 한 번도 없었다! 무도회가 끝나고 도로시는 코트를 입으려고 언니랑 같이 줄을 서서, 숨통을 터주려 발을 구두 밖으로 꺼냈다. 그리고 루이에게 막차가 떠났긴 했지만 언니랑 걸어가지 않아도 된다고 말했다.

"에드워드 씨가 날 자기 차로 태워다 준댔어." 그녀가 소곤거렸다.

"너 미쳤니!" 루이가 말했다. "그 남자랑 집에 같이 가겠다고! 애터클리프만 지나면, 아빠가 나랑 그 남자 따귀를 치려고 기다리고 있을 거야. 잊어버려, 도로시. 그 사람 너한테 장난치는 거야."

두 자매와 친구들은 서로 팔짱을 낀 채 향기로운 무도회장을 성급히 벗어나 물집 생긴 발을 절뚝거리며 애터클리프 쪽으로 난 어두운 길을 걸어갔다.

하지만 도로시는 그렇게 쉽사리 에드워드 씨를 잊어버릴 수가 없었다. 그날 밤 그녀는 그가 나오는 꿈을 꿨다. 이튿날에도 도로시는 음식을 만들고 집안일을 하느라 바쁜 와중에도 종일토록 에드워드 씨 생각을 떨쳐버릴 수가 없었다. 그녀는 그와 함께 있던 순간을 마음속에 떠올렸다. 배경 음악이 흐르고 있었지만, 아무런 움직임 없이, 마치 한 폭의 그림처럼 형형색색 아름다운 순간이었다.

그것은, 춤추기가 끝났을 때 그녀를 향해 고개를 숙인 그의 모습과 그를 쳐다보던 그녀의 얼굴이 담긴 그림이었다. 앨버트 브래들리는 도로시의 아버지가 일하러 나가자, 언제나 그랬던 것처럼, 어슬렁거리며 길을 건너왔다. 그는 제철공장에 출근 카드를 찍으러 가기 전 도로시에게 아침 인사를 할 참으로 문을 두드렸다가 난데없이 입맞춤을 받았다. 이제껏 꿈도 꿔보지 못한 일이었다.

"돌리, 웬일이야!" 한 발짝 뒤로 물러서며 그가 말했다. 도로시가 눈을 떴다. 기절초풍할 일이었다. 그녀 앞에 있는 건 에드워드 씨가 아니라 지저분하고 뻣뻣하게 털이 난 앨버트의 얼굴이었다.

"저리 가버려, 앨버트 브래들리." 도로시가 소리쳤다. 그는 시키는 대로 했다. 앨버트는 길거리를 달려가 도로시의 아버지가 일하러 들어간 문을 밀치고 들어갔다. 그러곤 도로시가 걸어준 마법에 빠져 하루 종일 싱글거렸다.

행동거지가 좀 어색한 남편 길버트가 일터로 출발하자, 루이는 아버지 집에 가서 도로시가 어린 동생들 깨우는 걸 도왔다. 그러고 나서 두 자매는 함께 일하러 나갈 준비를 했다. 그들은 쇠를 갈 때 나오는 모래알 같은 먼지에서 자신을 보호해야 했다. 자매는 신문지로 서로의 몸을 감싸주었다. 신문은 얼마든지 있었다. 이웃 사람들이 주말마다 가져다준 덕이었다. 그들은 옷이 보이지 않도록 가슴과 양쪽 팔, 배, 그리고 양쪽 다리를 전부 감쌌다. 그리고 구불구불한 머리엔 깨끗하게 세탁한 데이지 꽃처럼 하얀 머릿수건을 둘렀다. 자매는 자기들 몫의 샌드위치를 챙기고, 비티 아주머니한테 꼬마 동생들을 데리고 학교에 오갈 때 필요한 잔돈을 준 다음, 전차를 타려고 황급히 집을 나섰다. 그들은 도중에 친구들을 만나 함께 갔다. 소녀들은 전차가 시내까지 가는 동안 깔깔대고 시시덕거리면서 수다를 떨었다. 도로시는 유리창에 모래처럼 창백한 태양빛을 드리운 집들을 바라보면서 휘황찬란하게 빛나던 샹들리에를 떠올렸다. 그리고 두 뺨에 와 닿던 에드워드 씨의 따뜻한 숨결을 느꼈다.

그날 아침 에드워드 씨는 늦게야 일터에 도착했다. 그 역시 도로시를 그리워하느라 끔찍한 주말을 보낸 터였다. 그는 그녀를 찾아내야겠다고 결심했다. 무도회에 참석한 모든 사람은 그의 아버지가 고용한 이들이었다. 그러니 도로시 역시 공장 어딘가 있을 거라고 그는 생각했다. 그는 두 번 다시 그녀를 놓치고 싶지 않았다. 그녀가 아무리 부끄러워할지라도.

그는 일렬로 놓인 상자 속에 담긴 수출용 칼들과 촛대들 그리고 고기 접시들을 검사하는 와중에도 사무실 이곳저곳은 물론 건물 층층을 돌아다니며 도로시가 있는지 흘끗거렸다. 한편 도로시는 하루 종일 서서 새까만 쇳가루가 신문지로 가린 팔과 몸 그리고 옥양목으로 만든 머릿수건 위로 구름처럼 쏟아지는 가운데 쇠를 가는 바퀴와 씨름하면서, 에드워드 씨가 건물 어딘가에 와 있으며 또 자신을 찾으러 돌아다닐지도 모른다는 생각으로 신경을 곤두세운

채 어깨 너머로 주위를 둘러보곤 했다. 하지만 에드워드 씨가 쇠
를 가는 수많은 소녀 가운데서 그녀를 찾아내기란 불가능한 일이
었다. 방이란 방은 모두 그들이 작업하는 동안 뿜어져 나오는 매스
꺼운 쇠붙이 냄새와 뜨거운 먼지 냄새로 가득했고, 기계 돌아가는
지루한 소리가 종일토록 울려댔으며, 방 구석구석 소녀들이 일하
며 부르는 노랫소리로 가득했기 때문이었다. 만일 그가 자기 아버
지 건물의 맨 꼭대기 층에 올라갔더라면 천창(天窓)으로 쏟아지는
태양광선 때문에 몹시 뜨겁고 환한 긴 방에서 사십 명의 소녀들이
줄을 맞춰 선 채 그가 검사한 종류의 쇠붙이들을 만드는 걸 보았을
것이다. 그들은 바퀴에서 뿜어져 나오는 모래 먼지를 피하려고 고
개를 비껴든 채 일하곤 했다. 또 이따금 구석진 곳에 설치된 수도
로 가서 머그잔에 물을 담아 입 안을 헹궈내기도 했다. 간혹 어깨
결리는 것을 풀어주려 스트레칭을 하거나, 발을 구부렸다 펴는 동
작을 반복하기도 했다.

"캐슬린, 내가 당신을 다시 집에 데려다 줄게요,"라든지 "나의
옛 남자는 말했지, 트럭을 따라가라고, 길에서 시간 낭비를 하지
말라고……"와 같은 노래를 소녀들은 하루 종일 흥얼거렸다. 그 가
운데 새까맣게 더러워진 얼굴에 블루벨 꽃 같은 눈을 가진 젊은 아
가씨는 이따금 고개를 돌려 누군가를 찾곤 했다.

그러나 마침내 퇴근시간이 되었다. 기계가 멈춰 섰다. 소녀들은

개수를 확인할 수 있게끔 작업한 쇠붙이를 내려놓았다. 그리고 남편에게 밥을 해주고 애터클리프 상점에서 장을 보려고 시시덕거리거나 늑장 부리는 친구들에게 갈 길을 재촉했다. 그들은 북새통을 이루며 회사 건물에서 빠져나왔다. 신문지로 감쌌던 팔과 다리며 얼굴, 손, 옥양목 머릿수건에 이르기까지 모든 게 그을음처럼 시꺼멨다.

도로시는 다른 소녀들 뒤에서 부스럭거리며 걸어갔다. 그들이 나누는 농담과 웃음소리를 듣고 있었지만, 마음은 온통 따뜻했던 무도회 생각에 빠져 있었다. 그리고 도로시는 에드워드 씨가 계단 옆에 서 있는 것을 보았다. 그는 새로 나온 동전처럼 깨끗하고 말쑥하게 차려입고 바이올렛 꽃다발을 들고 있었다.

"나를 기다렸나 봐!" 그녀가 숨을 몰아쉬었다.

그는 눈빛을 반짝이며 직원들이 쏟아져 나오는 계단을 올려다보고 있었다. 도로시가 그에게 달려가려고 하자 루이가 그녀를 잡아끌었다.

"가지 마." 그녀가 주의를 주었다. "저 남잔 절대 널 기다리고 있던 게 아니야."

"아냐, 날 기다린 거야." 도로시가 뛰어가며 소리쳤다.

"네가 아니라니까!" 루이의 목소리가 바람처럼 울렸다.

도로시는 곧장 에드워드 씨에게 달려갔다. 팔에 두른 신문지가 펄럭거렸다. 에드워드 씨는 맨 꼭대기 층에서 일하는 직원들이 몰려 내려오자 길을 비켜서면서, 도로시 찾는 걸 포기하려고 했다.

"에드워드 씨!"

낯설지 않은 목소리가 들려왔다. 그는 몸을 반쯤 돌려 계단 쪽으로 갔다. 그러곤 그을음을 잔뜩 묻힌 채 서 있는 파란 눈의 소녀를 밀치듯 지나면서, 짐짓 불쾌한 표정으로 소녀가 코트 자락에 묻힌 먼지를 털어냈다. 다른 소녀들이 도로시더러 서두르지 않으면 전차를 놓칠 거라고 외쳐대자 도로시는 다시 뛰기 시작했다. 그제야 그는 자기가 찾고 있던 바로 그 소녀가 무도회의 음악과 불빛과 온갖 향기와 웃음소리처럼 한순간에 사라졌음을 깨달았다. 그는 길바닥에 바이올렛 꽃다발을 떨어뜨리고 성큼성큼 자기 차로 돌아갔다. 도로시를 잡아끌 생각으로 달려온 루이가 허리를 굽혀 그 꽃다발을 주워 들었다. 자기 집 부엌에 꽂을 참이었다.

앨버트가 일하는 제철공장은 도로시네 집이 있는 거리 끄트머리에 있었다. 그는 이제 막 교대시간을 마친 참이었다. 앨버트는 열기 속에 몸을 일으켰다. 커다란 강줄기 같은 황금빛 쇳물이 관을 타고 쏟아져 나와 틀 속으로 들어갔다. 그는 자기가 평생토록 이곳에서 일할 거라는 사실을 알고 있었다. 그리고 매일 밤 도로시가 기다리는 집으로 돌아갈 터였다. 그는 아침녘 도로시의 입맞춤을 떠올리면서, 만사가 자기 힘으로 어쩔 수 없게 되기 전에 얼른 행동을 취해야겠다고 마음먹었다. 용광로가 그를 향해 하얀 눈을 깜빡거렸다. 마치 엄청 커다란 문이 흔들리며 열렸다가 다시 닫히는 것 같았다. 그는 가야 했다. 동료들이 곁을 지나며 재촉했다. 그의 피부는 심한 열기 탓에 무척이나 메말라 있었다. 게다가 그는 여전히 움직일 수가 없었다. 그는 큰 쇠막대 덩어리가 하얗게 반짝이는 것을 주시했다. 빨간 불꽃들이 높고 둥근 천장으로 튀어 올랐다. 그는 도로시에게 오늘 밤 만나달라고 부탁하고 싶었다.

그는 퇴근 카드를 찍자마자 도로시네 집으로 달려갔다. 일터의 열기 때문에 몹시 건조하긴 했으나, 그는 다른 동료들처럼 목을 축이러 술집에 가지 않았다. 비티 아주머니가 도로시 집에서 막 나오는 찰나 그도 문 앞에 도착했다. 그는 비티 아주머니가 복도를 지나갈 수 있게 비켜섰다.

"앨버트, 오늘 밤엔 일찍 왔네? 또 밤 인사하려고?"

"오늘 밤엔 좀 특별한 용건이 있어요, 비티 아주머니."

"그래? 뭔데 그러니?"

"도로시한테 뭐 한 가지 물어보려고요."

비티 아주머니는 곰곰이 생각에 잠겨 껌 씹듯 마지막 빵 부스러기를 질겅거렸다. 그러다 빵 조각이 딱딱해지자 화를 내며 뱉어버렸다. "도로시가 지금 기분이 별로 안 좋은데. 앨버트, 내일 다시 오는 게 좋을 거 같다."

"아픈 건 아니지요?"

"아파." 젊은이에겐 안 된 일이었지만, 비티 아주머니가 그를 밀어붙였다. 그러느라 아주머니의 허리에 통증이 왔다. "네가 생각하는 것처럼 몸이 아픈 건 아니지만 말이야.”

“그럼 어디가 아픈 거죠?”

“마음이지.” 연로한 아주머니는 자기 집 문을 열고 어둠 속으로 사라졌다.

도로시는 앨버트가 문 두드리는 소리를 들었다. 그러나 촛불을 끄고 침대에 누운 채 일어나지 않았다. 여전히 그을음이 남은 얼굴 위엔 눈물 자국만이 선명했다.

“언니, 앨버트 오빠 왔어. 잘 자라고 인사하고 싶은가 봐.” 여동생 가운데 하나가 살금살금 걸어 들어와 알려주었다. 도로시는 입술을 깨물었다.

“오늘 밤엔 그냥 돌아가라고 좀 전해주겠니?”

“알았어, 언니. 그렇게 말할게.”

“내일 아침에 보자고 해줘.”

“응, 언니.”

꼬맹이 동생은 용건을 전해주고 나서 언니 침대 속으로 살며시 파고들었다. 앨버트는 머쓱해져서 집으로 돌아갔다.

“도로시 언니,” 한참 뒤 꼬마 동생이 도로시에게 속삭였다. “근데 왜 운 거야?”

도로시는 한숨을 쉬면서 고개를 돌렸다. 덕분에 그녀는 창문 너머 앨버트네 집 슬레이트 지붕 위에서 달빛이 반짝이는 모습을 볼 수 있었다. 달빛은 지붕이 달린 작은 난간에도 쏟아졌고, 건너편 지붕 위에서도 빛났으며, 그 너머에서도 여전히 반짝이고 있었다.

"실은 나도 잘 모르겠어." 도로시가 대꾸했다. "그냥 결코 벗어날 수 없을 거 같은 생각이 들어." 결코 우아하게 살 수 없을 거라고 그녀는 생각했다. 로맨스 따윌 꿈꾸긴 애당초 틀린 일이라고 그녀는 생각했다.

"우린 언니를 잃기 싫어." 동생이 말했다.

도로시는 하늘이 완전히 어둠에 잠겼다가 다시 밝아지는 모습을, 조용히, 지켜보았다.

다음 날 아침 도로시의 아버지가 일터로 나가자마자 앨버트가 찾아왔다.

"안녕, 앨버트." 그녀가 인사를 건넸다. "너 왔구나."

그는 도로시의 눈매가 깊이 가라앉은 것을 보고 서둘러 일을 마무리지어야겠다고 다짐했다. "도로시, 나랑 결혼해줄래?" 그가 말했다. 루이와 비티 아주머니가 문 뒤에 서서 그 이야길 듣고 있었다. 앨버트도 그것을 눈치 챘다.

도로시가 한숨을 쉬며 대답했다. "좋아."

앨버트는 부츠 신은 발로 계단을 두드렸다. 사람들이 서둘러 일터로 가고 있었다.

"입 맞춰줄까?"

“그래. 하지만 지각하면 안 돼, 앨버트, 알고 있지? 결혼하려면 돈을 많이 모아야 한다고.”

그녀는 머리카락을 뒤로 쓸어 넘기고 앨버트를 향해 얼굴을 치켜들었다.

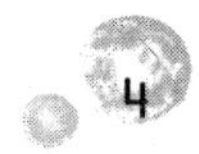

토요일의 맥주파티

　우리 아버지 마이클은 앨버트 할아버지를 닮지 않았다. 그에겐 아침 일찍 일터로 달려가는 행동 따윈 어림 반 푼어치도 없는 일이었다. 아버지는 일하는 것을 싫어했다. 그럼에도 그는 언제나 일이 자기를 미워해서 그러는 거라고 우겨댔다. 아버지는 만사가 불공평하다고 생각했다. 그는 정말 사고뭉치였다. 집에 있을 때, 여동생 모린이 넘어지거나 뭔가 잃어버리면 그건 마이클 잘못이었다. 혹 어떤 물건이 망가져도 무조건 마이클 잘못이었다. 도로시 할머니는 그가 자기 손을 벗어나 근처 학교에 들어가게 된 걸 무척이나 기뻐했다. 그러나 학교에서도 사정은 똑같았다. 유리창 부서지는 사고가 일어나면, 그 자리엔 마이클이 있었다. 또 그가 만일 운동장에 갔는데 거기서 두 아이가 싸우는 걸 봤다고 치자. 그럴 경우 싸움의 책임 역시 마이클에게 있었다. 1953년 대관식이 거행되었을 때 마이클은 기념으로 머그컵을 하나 받았다. 하지만 그는 그 컵을 집으로 가는 도중 떨어뜨리고 말았다. 그것이 바로 학교를 졸업하기 전에 저지른 마지막 사고였다. 그런 일이 있은 뒤 마이클은 그의 부모, 여동생, 학교 선생들, 그리고 지역 내 상점 주인들뿐만 아니라 여왕 엘리자베스 2세까지도 자기를 미워한다는 사실을 깨닫게 되었다.

그의 아버지는 아들에게 자신이 다니던 제철공장에 일자리를 하나 마련해주었고, 한 달도 채 못 돼 마이클은 일자리를 잃었다. 자신을 비난했다는 이유로 직속상관에게 고함을 질러댔기 때문이다. 앨버트 할아버지는 아버지가 집안의 골칫거리였다고 말했다. 그러고 나서 마이클은 직장을 포기했다. 그는 심지어 다른 일자리를 알아보려는 노력조차 하지 않았다. 그 당시 도로시 할머니는 몸이 아팠다. 쇠 가는 일을 하면서 먼지를 많이 먹은 탓에 할머니는 천식을 앓고 있었다. 할머니는 틀림없이 아버지가 큰 대 자로 누워 하루 종일 빈둥거리는 꼴을 참아내기 어려웠을 것이다. 그는 방바닥을 가로질러 긴 다리를 쭉 뻗고 앉아, 그것도 벽난로에 발이 닿을락 말락할 정도로, 미국 만화를 읽곤 했다. 그래서 도로시 할머니는 집안일을 할 때 애를 먹었다. 번번이 아들 주위를 빙 둘러 갈 수도 그렇다고 그 위를 넘어갈 수도 없었기 때문이다. 그녀는 모린이 일하러 가고 난 뒤 기회가 닿기만 하면 아들을 방에서 밀쳐내면서, 직장을 구하기 전엔 집에 들어올 생각도 하지 말라고 으름장을 놓았다. "넌 변변한 직장 하나 가져보지 못한 초라한 늙은이로 인생을 마칠 거다." 그녀가 말하곤 했다. "마이클, 그렇게 되는 게 좋으냐?"

"엄마도 금방 알게 될 거예요." 그가 말대꾸를 했다. "나는 곧 이 집구석을 떠날 거예요. 여행을 할 거라고요, 전 세계를 말이에요. 그때가 되면 엄마도 미안한 마음이 생기겠죠. 세상 저편에 있는 나를 그리워하게 될지도 모르고요."

그녀는 고개를 설레설레 저으며 아들을 보고 웃었다. "마이클, 넌 배울 게 아직 많아." 그녀가 말했다. "더 어른이 돼야 한다고."

그는 문을 쾅 닫고 집 밖으로 나갔다. 엄마한테도 화가 났고, 자신에게도 화가 났다. 그래서 엘맘보 커피숍에 가 음악이나 들으려고 길을 걸어 내려갔다. 그는 여태껏 그곳에 혼자 가본 적이 없었다. 거긴 언제나 사람들로 북적거렸다. 주로 직장을 잃은 사람, 일하기 싫어하는 사람, 혹은 사정상 일을 할 수 없는 사람들이었다. 그들은 거기서 커피를 마시며 더 나은 것들을 꿈꾸곤 했다.

"우리가 있어야 할 데는 미국이야." 그의 친구 앨런은 빗살 모양의 줄로 손톱을 다듬으며 그렇게 말하곤 했다. "애터클리프가 아니란 말이지." 하지만 그건 직장 때문이 아니라 여자애들 때문이었다.

마이클은 여자를 사귀는 데도 재주가 없었다. 한 번도 성공을 거둔 적이 없었다. 앨런이 엘맘보 커피숍으로 여자애들을 데려와 소개해주었지만, 그들은 하나같이 마이클에게 관심을 보이지 않았다. 마이클 역시 그들을 좋아하지 않았다. 비록 그런 사실을 인정할 만한 기회도 없었지만 말이다. 여자애들은 마이클을 남자친구로 삼을 만한 가치가 없다고 여겼다. 그게 문제였다.

"나는 실패작이야." 집 안에 아무도 없을 때면 그는 벽난로 위에 걸린 거울에 제 얼굴을 비춰 보며 그렇게 중얼거렸다. "여전히 학생 같은 이 차림새는 다 뭐야. 게다가 바지는 너무 짧고. 그러니 여자애들이 나를 안 좋아할 수밖에."

모린은 오빠의 문제를 해결해주려고 노력했다. 자기가 일하는 공장에 자리를 하나 주선해준 것이다. 하루에 딱 한 시간 정원 주변을 청소하는 일이었다. 열여덟 살 되는 생일날만큼은 말쑥하게 차려입고 싶었던 마이클은 그 덕분에 몇 가지 옷을 장만할 수 있었다. 그날을 위해 마이클은 앨런이 자전거를 보관하는 창고에 새로 산 옷을 숨겨두었다. 그 역시 토요일의 파티에 잘 차려입고 나가 으스대고 싶어 하는 보통 젊은이였다. 어느 날 밤, 엄마는 카드놀이를 하러 가고 아버지는 야간 근무를 하러 나간 사이, 마이클은 새로 산 청바지를 집으로 가져왔다. 몸에 잘 맞지 않았기 때문이다.

"모린, 통에다 목욕물 좀 받아줘." 그가 동생에게 부탁했다. 그들이 사는 집엔 욕실이 따로 없었다. 마이클이 불을 지피는 사이 모린은 오빠가 시킨 대로 물을 받았다. 그녀의 어머니 역시 언제나 아버지를 위해 목욕물을 준비하곤 했다. 집안일은 늘 그런 식으로 돌아갔다. 목욕할 준비가 되자, 마이클은 신발과 양말을 벗고 통 안으로 들어갔다. 그는 따뜻한 김이 피어오르는 목욕통 속에 옷을 입은 채 들어앉아 벽난로 불빛에 비춰가며 만화책을 읽었다.

"오빠, 거기서 뭐 하는 거야?" 모린이 소리쳤다.

"바지 좀 줄이려고." 그가 대답했다. "너무 헐렁해서 말이야."

"그러고 있다간 오빠 다리까지 파랗게 될걸." 저쪽 구석에서 모린이 말했다. 그녀는 신중한 동작으로 종아리에 파우더를 바르는 중이었다. 나일론 스타킹을 사서 신으려면 돈이 너무 많이 들기 때문이었다.

마이클과 모린은 비슷한 점이 별로 없었다. 개인적으로, 모린은 제 오빠를 얼굴은 잘생겼지만 고양이처럼 게으르기 그지없는 사람이라고 생각했다. 한편 마이클은 여전히 모린을 어린애로만 여겼다. 할 줄 아는 거라곤 이를 닦는 일밖에 없는 어린애 말이다.

목욕통 속에서 용건을 마치자마자 마이클은 동생에게 통을 비우라고 한 다음 흠뻑 젖은 바지를 입은 채 앨런 집으로 걸어 내려갔다. 앨런은 그때까지 차를 마시고 있었다. 마이클이 이야기하는 동안 바지에서 층계참으로 물이 뚝뚝 떨어졌다.

"마이클, 여긴 들어오지 마라." 앨런의 어머니가 주의를 줬다.

"네가 한 짓을 좀 봐. 깨끗이 청소해놓은 계단을 온통 파란색 물로 더럽혔잖아."

"너도 토요일 파티에 갈 건지 물어보려고 왔어." 그가 앨런에게 소리쳤다. 앨런이 마이클에게 윙크하며 말했다.

"물론이지. 너한테 소개해줄 여자애도 있어. 굉장히 예쁜 애야."

"지난번에도 똑같은 말 했었잖아." 마이클이 한쪽 신을 벗어 푸른색 물을 털어내며 대꾸했다. "하지만 그 앤 진짜 끔찍했어. 벌집 통 같은 머리에 서캐까지 들끓고 있었다고. 몇 주일 동안 머리를 한 번도 빗지 않은 거 같았다니깐."

앨런이 자기 접시와 마이클에게 줄 포크를 들고 문가로 왔다.

"아냐, 이번엔 달라, 약속할 수 있어. 그 앤 말이야, 내 새 여자친구랑 가장 친한 직장 동료래. 정말이지 공주 뺨친다고."

"너도 못 봤으면서 어떻게 그런 말을 하나!"

"뭐 실제로 본 건 아니야. 실은 나도 못 만나봤어. 하지만 걱정할 필요 없어. 장담하건대, 그 앤 진짜 예쁠 거야."

"그럼 다행이고." 마이클이 감자튀김을 집어 먹으며 대답했다. "어쨌든 토요일은 내 생일이니까 말이야."

"그럼 네가 쓸 종이 모자를 가져다줄게." 앨런이 말했다. "새로 산 재킷 입을 때 그걸 쓰면 영리해 보일 거야."

생일날 아침 그는 열두 시가 되었는데도 일어나지 않았다. 그의 엄마가 아들에게 주려고 차를 한 잔 가져왔다. 그녀는 아들이 잠든 모습을 지켜보면서, 그가 남편 앨버트를 많이 닮았다고 생각했다. 잠자는 동안 얼굴을 자주 찡그리는 것까지 비슷했다. 그녀는 마이클이 행복해 보이지 않는다고 생각했다. 안타까운 일이었다. 소년들에게는 행복하게 살 권리가 있었다.

"얘야," 그녀가 말했다. "일어나."

마이클이 옷을 입는 동안 그녀는 자리에 앉아 차를 마셨다. 그녀는 아들의 몸매가 거미처럼 가늘다고 생각했다. "생일인데 뭐 할 거니?" 그녀가 물었다.

"맥주파티에 갈 거예요." 마이클이 대답했다. "앨런이랑요."

도로시는 앨런을 좋아하지 않았지만, 그 사실을 입 밖에 내지 않았다.

"엄마도 생일날 댄스파티에 갔던 적이 있어." 그녀가 말했다. "열일곱 살 되던 해였지. 무도회가 열렸거든."

"그래요?" 마이크는 앨런이 하는 것처럼 머리카락을 뒤쪽으로 빗어 넘겼다. "거기서 백마 탄 왕자님을 만났나요?"

"그럼." 수수께끼 같은 미소를 지으며 그녀가 대답했다. 마이클은 몸을 돌려 엄마를 바라보며 미소로 응답했다.

"틀림없이 엄마가 거기서 제일 예뻤을 거야, 그렇죠?" 그가 호들갑스럽게 물었다.

"맞아." 그녀가 대꾸했다.

그녀는 두 팔을 들어 올려 무도회장 포즈를 취했다. 자신의 오른손을 아들의 손에 놓은 다음, 반대편 손으로 그의 허리를 잡았다.

"뭐 하는 거예요, 엄마. 싫어!" 마이클은 어색해서 몸을 빼내려 했다.

하지만 그녀는 정신이 온통 딴 데 가 있었다. "아, 무도회 밤에, 우리는 얼마나 멋지게 춤을 췄는지……." 그녀가 노래를 불렀다. "이리 와, 마이클, 그 큰 발 좀 높이 들어봐! 라 라, 라 라 라, 라 라 라……."

"그만 해요, 엄마!" 마이클이 깔깔 웃으며 엄마를 밀치고 달아나다 찻잔을 밟았다.

도로시가 깨진 찻잔 조각을 집는 사이, 그는 두 손으로 머리를 감싸 쥐고 침대에 앉아 있었다. 그는 춤을 배우는 데도 영 소질이 없었다.

그날 밤 마이클은 아버지가 모린과 말다툼을 하는 사이 살짝 빠져나갔다. 모린은 새로 산 물방울무늬 스커트를 입고 살금살금 아래층으로 내려 온 터였다. 그런데 하필이면 대여섯 겹으로 된 속치마에서 바스락거리는 소리가 났던 것이다. 그 때문에 모린은 조용히 집을 빠져나갈 수 없었다. 하지만 마이클은 동생한테 뭐라 잔소리하는 게 마뜩찮았다. 사실 동생이 그렇게 예뻐 보인 적이 없었기 때문이다.

"칫," 그가 빈정거리며 말했다. "야채 냄새가 풀풀 난다!"

"웃기지 마! 이건 데번셔 제비꽃 향이라고!" 그녀가 신경질을 부리며 포니테일 스타일*로 묶은 머리를 뒤쪽으로 가볍게 쳐올렸다. 하얗고 가느다란 목이 드러났다. 마이클은 그걸 보고 동생이 화장했다는 걸 알아차렸다.

"너 그렇게 야하게 차려입고 어딜 가는 거야?"

축구 도박을 하던 앨버트가 딸을 쳐다보더니 소리치기 시작했다. 그는 모린더러 당장 부엌 싱크대에 가서 화장을 지우라고 명령했다. 그러자 도로시가 얼른 나서서, 모린이 아무리 늦어도 열 시 버스를 꼭 타겠다고 했다며 딸을 편들어 주었다. 그때였다. 모린이 눈물을 흘리며 이래가지곤 결코 남자친구를 사귈 수 없을 거라고, 어쨌든 바바라와 같이 외출하는 거니까 걱정하지 말라고 소리쳤다. 한바탕 소동이 벌어진 사이 마이클은 살금살금 집 안을 빠져나와 소음을 뒤로한 채 문을 닫고, 어슬렁어슬렁 저녁 햇살을 받으며 걸어 내려갔다. "계집애로 태어나지 않은 게 천만다행이군."

앨런은 자전거 창고 아래서 마이클이 옷 입는 걸 도와주었다. 마이클은 밝은 핑크색 양말에 2인치짜리 고무굽이 달린 파란색 구두를 신고, 구두끈처럼 가느다란 타이를 메고, 지난 9주 동안 꿈꾸어

---

* 긴 머리를 뒷머리 위쪽에서 리본 따위로 묶고 머리끝을 망아지 꼬리처럼 늘어뜨린 머리 모양.

온 새 재킷을 걸쳐 입었다. 벨벳 옷깃에 우아한 주름이 잡힌 옅은 파랑색 재킷이었다.

"어떠냐?" 앨런의 자전거 핸들에 붙은 거울에 제 모습을 비춰보며 그가 물었다.

"멋있어, 진짜 멋있다." 앨런이 대답했다. "빨리 가자. 까딱하다간 여자애들 못 만나겠어."

마이클은 이마에 내려 붙인 머리가 망가지지 않도록 신경을 쓰며 앨런을 따라 달렸다. 덕분에 그들은 일찌감치 약속장소에 도착했다. 그곳에서 마이클은 가게 쇼윈도에 자기 모습을 비춰보고, 또 어깨를 앞으로 구부려 인사하는 법을 몇 번 연습했다.

"여자애들 왔어!" 앨런이 소리쳤다. "와 대단한데, 공작새처럼 차려입었는걸!"

마이클은 또박거리는 구두 소리와 약간 긴장된 듯한 그녀들의 웃음소리를 들을 수 있었다. 그는 다시 한 번 구두끈을 조이고 주머니에 손을 집어넣고서 발걸음을 떼었다. 앨런이 팔꿈치로 마이클을 쿡 치며 말했다.

"내가 말했잖아, 걱정할 거 없다고! 내 여자친구가 제대로 된 애를 데려왔는걸. 저길 좀 봐, 방울무늬 치마 입은 앳된 아가씨 말이야."

마이크가 창백한 얼굴로 돌아섰다. 그는 겁에 질려 얼른 고개를 숙이는 여동생 모린을 보았다.

모린이 계속 코를 훌쩍이며 딸각거리는 새 구두를 신고 쫓아왔기 때문에 마이클은 하는 수없이 그녀가 자신을 따라잡을 수 있게끔 걷는 속도를 늦췄다.

"그만 좀 훌쩍대, 모린."

"나도 어쩔 수 없어. 날더러 뭘 어떡하라고? 바바라는 벌써 앨런이랑 파티장에 가버렸는걸……. 오빠, 난 이제 집에 어떻게 돌아가지? 집구석만 시끄럽게 만들어놓고 온 마당에. 사실 난 토틀리에서 온 멋진 남자랑 데이트하게 될 줄 알았다고……."

"토틀리라고!"

"바바라가 나한테 그랬어. 그게 오빠일 줄은 정말 몰랐지……. 그리고 오빠가 이렇게 테디보이*처럼 차려입었을지 누가 알았나." 그녀의 목소리는 실망감을 감추기 어려운 듯 자꾸만 높아졌다. 마이클이 조심스레 주위를 살폈다.

"조용히 해, 입 좀 다물라고! 내 기분은 지금 어떨 거 같니? 나도 진짜 근사한 애랑 데이트하게 될 줄 알았다고. 그런데 이게 다 뭐냐 — 그러니까 제발 입 다물어!"

그가 다시 속력을 내기 시작하자 모린이 뒤쫓아 갔다. "그래 좋아." 마이클이 드디어 입을 열었다. "파티장에 데려가 줄게. 하지만

---

* 1950년대 젊은이들 사이에서 유행하던 스타일. 에드워드 7세 시대의 복장을 애용하던 반항적인 청소년들의 복장을 일컫는다.

그 누구한테도 네가 내 동생이란 걸 말하면 안 돼. 알았어?”

“오빠 고마워. 아빠한테 아무 말 하지 않을게. 오빠가 그런 차림 했다는 거 이르지 않을 테니까, 오빠도 바바라가 나 떼놓고 사라졌다는 거 말하면 안 돼.”

흥정이 끝났다. 그들은 로카르노에 도착했다. 그곳은 이미 악단의 연주 소리로 들썩거리고 있었고 땀 냄새도 진동했다. 지배인은 마이클의 옷차림이 마음에 들지 않았지만, 그들을 안으로 들어가게 해주었다. 왜냐하면 모린의 표정에 근심이 가득한 데다 마이클이 자진해서 호주머니를 열고 칼날이 튀어나오는 주머니칼 따위를 소지하지 않은 걸 보여주었기 때문이다. 안으로 들어가자마자 마이크는 모린에게 사르사파릴라*를 한 잔 가져다주면서 아홉 시 반 정도까지만 있다 가라고 말했다. 그녀는 같은 공장에서 일하는 동료 몇몇이 홀 한쪽 의자에 줄지어 앉아 있는 걸 보고 그쪽으로 갔다. 마이클은 반대편에 있는 남자애들 무리 속으로 끼어들었다. 그러곤 눈을 크게 뜨고 매력적인 소녀가 있나 살펴보았다. 조명 상태가 그다지 좋지는 않았지만, 마이클은 곧 마음에 드는 소녀를 하나 발견했다. 짙은 색 머리를 하나로 묶은, 앳되고 청순한 얼굴의 소녀였다. 모린을 좀 닮은 것 같았다. 정말 그랬다. 악단이 다시 연주를 시작하자 마이클은 어슬렁어슬렁 그녀가 있는 쪽으로 다가갔다.

---

* 중미가 원산지인 식물 사르사파릴라의 뿌리로 맛을 들인 탄산음료.

그리고 자기를 보아주길 바라면서 아주 잠깐 동안 그녀 앞을 서성거렸다. 마이클은 자기 차례가 오길 기다리면서 그녀가 친구들과 나누는 대화에 귀를 기울였다.

"너 원뿔 브래지어*하고 왔지?" 누군가 말했다.

"좀 불편한 건 사실이야. 하지만 이런 데 오려면 그 정도는 감수해야지."

"지난주에 나한테 어떤 일이 있었는지 알아?" 그가 점찍은 소녀가 말했다. "파트너랑 춤을 추고 있었어. 그런데 갑자기 아주 빠른 스텝이 나오는 거야. 그 바람에 둘이 꼭 껴안게 됐지 뭐야. 한번 알아맞혀 볼래, 춤이 끝났을 때 무슨 일이 벌어졌는지?"

"뭔데 그래, 제니퍼?"

"상대방의 점퍼 가슴팍에 뾰족한 자국이 파인 거 있지. 내 원뿔 브래지어가 닿았던 자리에 말이야. 그래서 어떻게 했게?"

"빨리 말해봐."

"얼른 화장실에 가서 패드를 다 빼고, 납작 가슴으로 돌아갔지 뭐."

소녀들이 재잘거렸다. 마이크가 싱긋 웃었다. 제니퍼. 그런 일이 있었군.

"저……, 실례합니다." 그가 말을 걸었다.

---

* 가슴을 크고 매력적으로 보이게 하려고 원뿔 모양의 패드를 집어넣은 브래지어.

소녀들은 긴장했다.

"이 음악, 저랑 같이 추실래요?"

다른 소녀들이 몸을 돌렸다. 제니퍼가 살짝 미소 지으며 그를 쳐다봤다. 마이클은 이런 순간을 싫어했다. 옷깃이 갑자기 목을 꽉 조여오는 것만 같았다. 손은 너무 크고, 신고 온 양말은 색이 너무 밝다는 생각도 들었다. 그는 얼굴이 화끈거렸다.

"어서요. 멋진 음악이잖아요."

제니퍼가 그의 뒤쪽을 쳐다봤다. "난 친구 루씨랑 같이 왔어요."

그녀의 친구가 핸드백을 집어 들며 말했다. "나한테 신경 쓰지 마. 안 그래도 땀이 많이 나서 지금 막 화장실에 가려던 참이었어."

제니퍼가 친구에게 고개를 저어 보였다. "난 저 남자랑 춤 안 출 거야." 콧등에 주름을 잡으며 그녀가 속삭였다. 마이클은 미소로 답례하고 나서 친구들이 있는 자리로 돌아갔다.

"내 이상형이 아니더라고." 그가 앨런에게 말했다.

그는 시무룩한 채 서서 짝을 맞춰 춤추는 사람들을 바라봤다. 그리고 자기가 왜 이런 성가신 상황 속에 빠져들게 되었는지 의아해했다. "대체 뭣 때문에 이렇게 안절부절못하는 거지?" 앨런의 파트너 바바라는 양복을 빼 입은 말끔한 젊은이와 가버렸다. 하지만 앨런은 그따위 일엔 전혀 신경을 쓰는 것 같지 않았다. 그는 마음만 먹으면 어떤 소녀와도 춤을 출 수 있는 것처럼 보였다. 앨런에겐 그런 게 쉬운 일인 모양이었다. 지난번 젖은 바지를 입고 어슬렁거렸던 탓에 마이클에겐 감기 기운이 조금 있었다. 그는 차라리 다른 방법을 써볼걸 그랬다고 생각했다. 산뜻한 드레스에 향수까지 뿌린 소녀들은 활짝 피어난 꽃송이 같았다. 그들의 미소는 애간장을 태웠고 사람을 혼란스럽게 만들었다. 그는 자기가 마치 주먹 쥔 손 안에 나비들을 가둬놓고 날갯짓을 멈출 때까지 기다렸다가 일종의 섬뜩함을 느끼며 나비들이 다시 춤추도록 놓아주는 철부지 소년 같다고 생각했다.

하지만 지금 그는 감기 때문에 몸이 슬슬 아팠다. 게다가 노는 방법을 전혀 알지 못하는 게임 속에 갇혀 있는 것처럼 느껴졌다. 그래도 마이클은 여전히, 진심으로, 제니퍼와 춤을 추고 싶었다. 그는 악단이 연주를 하는 저쪽 구석에서 작은 소동이 벌어진 것도 모르고, 제니퍼한테 같이 춤추지 않겠냐고 한 번 더 부탁해볼 참으로 슬그머니 그녀 곁에 다가갔다. 소녀들은 어느새 다른 구경꾼들 사이에 끼어 있었다. 제니퍼가 고개를 돌렸다. 마이클은 자기가 오는 걸 보려고 그러는 게 틀림없다고 생각했다. 그래서 용기를 내 그녀에게 윙크했다. 그녀는 자기 친구한테 뭐라고 말하며 깔깔거렸다.

'내 짐작이 맞을 거야.' 마이클은 생각했다. '자신을 갖자. 그녀는 분명 나한테 음료수를 사달라고 할 거야. 그래도 절대 서두르진 않겠어.'

그러고 나서 마이클은 친구 앨런이 마룻바닥에 누워 있는 것을 보았다. 앨런은 가죽점퍼를 입은 어떤 녀석과 얽히고설키며 몸싸움을 벌이는 중이었다. 옆에선 바바라가 코를 훌쩍거리며 울고 있었고, 동생 모린이 그런 친구를 달래고 있었다. 모두가 실제 상황이었다!

"한 대 먹여, 앨런!" 마이클이 소리쳤다. 그는 친구가 자랑스러웠다. 그때 클럽 지배인과 또 다른 덩치 하나가 나타났다. 그들은 고양이 다루듯 가볍게 두 싸움꾼을 떼어내더니 질질 끌고 갔다. 그러곤 문을 열고 두 젊은이를 밖으로 쫓아내 버렸다. 머릿속까지 새빨개진 바바라가 그들을 뒤따라갔다. 모린 역시 얼른 핸드백 두 개를 챙겨 쫓아갔다. 악단의 연주는 계속되었지만 움직이는 사람은 아무도 없었다. 그들은 하나같이 문 뒤쪽에서 어떤 말들이 오가는지 들으려고 귀를 쫑긋 세우고 있었다. 그때 새 양복을 빼입은 청년 하나가 기세 좋게 뛰어나가 모린을 데리고 들어왔다. 그는 좀 전에 모린과 춤을 추던 젊은이였다. 모두들 안도의 한숨을 쉬었다.

마이클은 제니퍼에게 모린이 자기 여동생임을 밝혀두는 편이 낫겠다고 생각했다. 만일의 경우를 대비하기 위해서였다. 어쩌면 제니퍼는 그들이 같이 오는 걸 보았을지도 모를 일이었다. 그는 여자에게 차인 남자처럼 취급당하는 게 싫었다. 누군가 그의 어깨에 손을 얹었다.

"그리고 너, 너도 얼른 여기서 꺼져." 클럽 매니저가 마이클에게 으름장을 놓았다. 모두들 흥미진진한 얼굴로 돌아봤다.

"나 말이에요? 난 아무 짓도 안 했는데요!"

"테디보이라면 신물이 난다. 난 테디보이가 싫어. 내가 있는 한 우리 클럽에 너 같은 테디보이를 들여놓을 수는 없어."

"가죽점퍼 입은 앤 나랑 상관이 없어요. 난 그 앨 모른다구요!"

"꺼지라고 했다!"

"이런 재킷 입은 것도 오늘 처음 있는 일인데요."

"나가."

"그럼 동생이라도 데려가게 해줘요."

"지금 당장 꺼져. 하나…… 둘……."

*

마이클은 금방 앨런을 따라잡았다. "널 혼자 가게 내버려 둘 수가 있어야지." 숨을 헐떡거리며 그가 말했다. "지금 막 끝내주는 여자애랑 춤을 추려는 찰나였지만."

그는 앨런의 자전거 창고에 들어가 평상복으로 갈아입었다. 앨런의 옷은 온통 피투성이였다.

"모린이 날 위해 이 옷을 빨아줄까?" 코를 슬쩍 문지르며 그가 물었다.

"물론이지." 마이클이 자신 있게 대답했다. "틀림없이 그렇게 해줄 거야."

그는 터벅터벅 집으로 돌아갔다. 가는 도중 잠깐 가게에 들려 튀김과자를 사는 것조차 귀찮았다. 그는 부엌 유리창을 지나면서 아버지가 신문을 읽다 고개를 번쩍 드는 것을 보았다. "싸움 얘기만 더 많아졌군!" 아버지가 혼잣말로 투덜거렸다. 마이클은 발 앞에 놓인 쓰레기통을 걷어찼다. 그 소리에 아버지가 부리나케 문가로 달려 나와 아들을 맞았다. 그는 희색이 만면한 얼굴로 마이클의 등을 두드리며 말했다. "맥주 마시러 나가려던 참이었는데, 네가 그 전에 돌아와서 다행이구나, 마이클. 오늘 아침 너한테 편지가 한 통 왔는데, 모린하고 싸우는 통에 그거 전해준다는 걸 새까맣게 잊었지 뭐냐. 여기 있다, 어서 뜯어봐라. 아주 좋은 소식이다."

마이클은 아버지한테서 갈색 편지봉투를 넘겨받아 조심스럽게 뒤집어 보았다. "아버지, 술 마셨어요? 아님, 뭐 좋은 일이라도?"

"아니, 방금 말했잖아, 맥주 마시러 나가려던 참이었다고. 너 그거 읽고 나서 아버지랑 같이 나가자. 한잔 사줄게. 너도 그럴 자격이 있어." 앨버트가 다시 한 번 호탕하게 웃었다.

"농담하는 거죠, 아빠?"

"농담 아니라니깐. 얼른 편지나 뜯어봐."

"아버진 다 알고 계신 거 같은데요. 이거 벌써 읽어보신 거죠? 아님, 대체 뭐죠?" 마이클은 그때까지도 편지를 개봉하지 못하고 있었다. 편지 받는 데 익숙하지 않았기 때문이다. 그의 아버지가 대신 편지를 뜯어주었다.

"물론 난 어떤 내용인지 알고 있어. 몇 주일 동안 이게 언제 오나 기다리던 참이었는데, 오늘 드디어 도착했구나. 징집영장이야."

마이클은 힘없이 주저앉았다. 갑자기 몸이 아픈 것 같았다. "영장이라고요? 군대에 가야 된다는 말인가요?" 그는 한동안 그 사실을 잊고 있었다. 남자는 열여덟 살이 되면 모두 군대에 가야 된다는 걸 학교를 졸업한 뒤로 늘 염두에 두고 있었는데 말이다. 그리고 지금, 하필이면 하고많은 날 가운데 오늘, 그것이 온 것이다. 기막힌 생일선물이었다! 여왕 폐하의 한량없는 은혜라니. 엘리자베스 2세는 정말이지 착한 할머니 여왕이었다!

"난 군대 가고 싶지 않아요." 그가 중얼거렸다. 그는 집에서 멀리 떠나고 싶지도 않았고, 아무 데도 다치고 싶지 않았다.

"군대 갔다 와야 진짜 사나이가 되는 거야, 두고 봐라!" 앨버트가 말했다. "용기를 내, 마이클, 이건 절대로 끔찍한 일이 아니야, 네겐 아주 굉장한 날이라고. 우리한테도 그렇고, 에, 안 그래요 돌리? 저 녀석을 마침내 우리 손에서 떼내게 되었지 않소!" 그는 다시 한 번 아들의 등을 두들겼다. 이번엔 좀 세게 쳤다. 목소리도 너무 컸다. "자, 나가서 맥주 한잔 하자꾸나."

그러나 마이클은 축하는커녕 울고만 싶었다. 아직 진짜 사나이가 되고 싶은 마음이 없었다. 그보다는 뭔가 재미있고 신나는 일을 원했다.

그는 도움을 청하듯 엄마 쪽을 쳐다봤다.

"가야 돼. 그게 전부야." 그녀가 대답했다. "머리를 짧게 자르면 멋있어 보일 거야."

마이클은 절망적인 표정으로 이마에 내려 붙인 앞머리를 만지작거렸다.

"넌 군복도 잘 어울릴 거야. 아들아, 너 항상 여행 가고 싶다고 그랬잖아."

앨버트는 혼자 술을 마시러 갔다. 그리고 도로시는 마이클의 손에서 편지를 받아, 도로 잘 접어 봉투에 넣은 다음, 벽난로 위 선반에 놓인 시계 뒤에 꽂았다. 그녀는 아들에게 뜨거운 코코아를 한 잔 타주었다. 마이클은 그걸 들고 제 방으로 갔다. 그리고 코코아가 식을 동안 자기가 만든 모형비행기들을 죄다 집어 내려 상자에 담았다. 앨런의 동생에게 줄 생각이었다. 그는 침대에 누워 엄마가 아침 식탁을 준비하느라 왔다 갔다 하는 소리를 들었다. 그러곤 엄마도 침실로 들어갔다. 그는 모린이 또박거리며 길을 올라오는 소리와 그 뒤를 따르는 부드러운 발소리에 귀를 기울였다. 그는 억지로 창문을 열고 동생이 뭘 속닥거리나 유심히 들었다.

"너 거기서 남자애랑 껴안고 있지!" 그가 목청을 높였다.

모린이 부엌 안으로 들어오는 소리와 그녀의 남자친구가 큰길로 내빼는 소리가 들렸다. 앨버트가 집에 도착했다. 마이클은 동생 모린이 아버지한테 음료수를 갖다 주고 나서 파티장에서 있던 일을 소곤소곤 일러바치는 걸 들었다.

그는 오랫동안 침대에 누워, 집 안 구석에서 들려오던 소음이 잦아드는 소리와 수고양이들이 뜰 담장을 따라가며 구슬피 울어대는 소리를 들었다. 그는 배게 밑에 얼굴을 파묻었다. 그러다 마침내 잠이 들었을 때 그는 제니퍼와 같이 춤추는 꿈을 꾸었다.

"마이클, 그땐 내가 좀 너무했어." 도로시 할머니가 큰 소리로 웃었다. "비쩍 마른 데다 장대같이 키만 컸던 넌 정말 비탄에 빠져 있었지! 인생에 대해선 아는 게 하나도 없었어. 아무것도 몰랐지."

"그 뒤로 제니퍼를 다시 만났어요?" 내가 물었다.

아빠가 엄마를 보며 윙크했다. "음, 아주 많이 만났지." 그가 대답했다. "아직까지 만나는걸, 그렇지 조씨? 나는 제니퍼한테 신세 진 게 아주 많단다. 하지만 루씨 덕도 만만치 않지……."

루씨 크래그웰

제니퍼는 직장 동료 몇몇과 토요일의 맥주파티에 참석했다. 그 중 한 명이 바로 루씨 크래그웰이었다. 그녀는 구내매점에서 현금 출납원으로 일하는, 땅딸막하고 거만한 구석이 있는 아가씨였다. 제니퍼가 그녀를 파티에 초대한 건 순전히 충동적이었다. 그녀가 좀 불쌍하게 보였기 때문이다. 하필이면 그날, 제니퍼는 화장실에 갔다가 루씨 크래그웰이 엉엉 울고 있는 것을 발견했다. 그 또래 아가씨들이 때로 훌쩍훌쩍 짜는 것과는 차원이 달랐다. 그녀는 진짜 울고 있었다. 창백한 얼굴로, 이성을 잃은 듯, 절망에 빠져 온몸을 들썩이며 흐느끼고 있었던 것이다. 제니퍼는 우두커니 서 있었다.

당황스러웠다. 그녀는 루씨의 어깨에 손을 얹고 그녀가 슬픔을 가라앉힐 때까지 달래주었다.

"루씨? 루씨, 왜 그래?"

"나도…… 나도…… 얼굴이 좀 예뻤으면 좋겠어. 나는…… 이렇게…… 못생긴 내가…… 정말 싫어……, 제니퍼."

우편함에서 갓 꺼낸 불운한 소식을 읽었을 때처럼 루씨의 아픔이 제니퍼한테 고스란히 전해졌다. 처음 순간엔 아무것도 할 수 없었다. 하지만 곧 그녀는 그럭저럭 상황을 무마했다.

"아냐, 넌 못생기지 않았어."

"아니……야, 정말이야. 날 좀 봐."

루씨는 눈물에 흠뻑 젖은 가늘고 성긴 머리카락을 쓸어 넘겨 귀 뒤에 꽂았다. 루씨와 제니퍼는 거울 속을 들여다보았다. 달덩이처럼 둥글고 하얀 루씨의 얼굴이 거기 있었다. 두 눈은 슬픔과 불만으로 얼룩져 잔뜩 충혈되었고, 가느다란 입은 쭉 찢어진 것처럼 보였다. 반면 뒤에 선 제니퍼의 머리카락은 숱도 많았고 윤기가 자르르 흘렀다. 피부엔 건강미가 넘쳐흘렀고, 검은 눈동자엔 연민이 가득 서려 있었다.

"루씨, 너무 울어서 그런 것뿐이야."

그녀는 비참해진 마음에 다시 한 번 몸서리를 쳤다. "이건 불공평해. 너를 좀 봐, 그리고…… 나를…… 보라구. 우리 엄마는 날더러 사람들이 나를 좋아하는 한 얼굴 따윈 신경 쓰지 않아도 된다고 해. 하지만 사람들은 내게 조금도 호감을 갖지 않아.”

그건 사실이었다. 아무도 루씨 크래그웰을 좋아하지 않았다. 얼굴이 예쁘지 않은 데다, 거만했고, 안 좋은 냄새를 풍겼으며, 늘 뭔가 못마땅한 사람처럼 보였고, 또 언제나 그렇게 행동했다. 하지만 그녀는 겨우 열일곱 살이었다. 제니퍼는 무슨 말을 해야 할지 알 수가 없었다.

“오늘 밤 몇몇 동료들이랑 맥주파티에 갈 건데, 루씨야, 너도 같이 갈래?”

루씨가 한숨을 내쉬었다.

“여자애들은 나를 좋아하지 않아. 내가 같이 간다고 하면 싫어할 거야.”

“난 너도 갔으면 좋겠어. 여덟 시에 밖에서 만날 거야. 한번 생각해보고 와.”

제니퍼는 자기 일터로 돌아갔다. 그녀는 자기가 비관할 정도로 못생기지 않았다는 것과 조금이나마 루씨를 위로해줄 수 있었다는 게 기뻤다. 그리고 또 루씨는 오지 않을 거라고 생각했다.

하지만 루씨는 왔다. 다른 소녀들이 약속장소에 도착해보니 그녀가 벌써 그곳에 와 있었던 것이다. 루씨는 자기 엄마 구두를 신고, 치약 자국이 있는 크리스마스파티용 드레스를 입고, 연신 앞으로 갔다 뒤로 갔다 하고 있었다. 여자아이들은 루씨를 발견하곤 수군거렸다. 하지만 루씨는 그런 일에 익숙해 있었다.

"가만있어." 제니퍼가 친구들에게 소리쳤다. "이리 와, 루씨. 나랑 같이 가자."

루씨는 발에 맞지 않는 구두를 달그락거리며 제니퍼를 따라 안으로 들어갔다. 그러곤 저녁 내내, 다른 여자애들과 좀 떨어진 곳에 앉아, 감사하는 마음으로 조용히 자리를 지켰다. 그녀는 마이클이 모린과 함께 들어왔을 때부터 줄곧 그만 바라보았다. 그래서 마이클이 제니퍼한테 같이 춤추자고 왔다가 딱지 맞고 돌아섰을 때 무척이나 상처를 받았다. "난 당신과 춤추고 싶어요." 그녀는 이렇게 말하고 싶었지만, 감히 입 밖에 내지 못했다.

그리고 그날 밤, 마이클이 제니퍼 꿈을 꾸는 사이, 루씨 크래그웰은 마이클 브래들리의 꿈을 꾸었다.

다음 날인 월요일, 루씨는 구내식당에서 제니퍼를 만났다. 그녀는 식판을 들고 계산대로 온 제니퍼 쪽으로 몸을 수그리고 물었다. 루씨한테서는 생선 비린내가 풍겼다.

"너 모린 브래들리 아니?" 그녀가 물었다.

제니퍼는 그녀가 누군지 알지 못했다. 루씨는 창가에 혼자 앉아 있는 모린을 가리켰다. "아, 이제 알겠다." 제니퍼가 대답했다. "맥주파티에 왔던 애잖아, 그치, 물방울무늬 치마 입고 왔던 애?"

"그래, 부탁 하나만 들어줄래?" 루씨가 숨을 몰아쉬었다. "쟤한테 가서 지난번에 같이 왔던 남자가 누군지 물어봐 줘. 왜 좀 건달같이 하고 왔던 애 말이야." 루씨의 목과 귀가 새빨갛게 물들었다.

부끄러운 모양이었다.

"왜? 루씨, 너 그 남자한테 마음 있어?"

루씨가 고개를 숙였다. 푸석푸석 윤기 없는 머리카락 몇 올이 제니퍼의 수프 속으로 떨어졌다. "그런 거 같아." 루씨가 작은 소리로 대답했다.

"알았어, 그럼 한번 알아볼게." 제니퍼가 다짐을 주었다. 그녀는 식판을 들고 모린이 앉아 있는 테이블로 갔다. "지난번 토요일에 춤추러 같이 왔던 남자 누구야?" 그녀가 물었다.

모린이 한숨을 쉬며 말했다. "아무도 아냐. 우리 오빠야."

제니퍼가 이해가 간다는 듯 웃으며 물었다. "이름이 뭔데?"

"마이클이야. 그건 왜?"

"아냐, 그냥. 누가 좀 알아봐 달라고 해서." 그녀는 카운터에 앉아 있는 루씨를 바라보았다. 창백하고 둥그런 그녀의 얼굴이 음식을 담은 접시 위로 부유하고 있었다. 제니퍼는 갑자기 루씨한테 연민을 느꼈다. "부탁 한 가지만 들어줄래, 모린? 네 오빠더러 내일 여기 와서 뭐 좀 사 먹으라고 전해줘, 응?"

"우리 오빠한테?"

"할 수 있지? 제발 부탁이야."

모린은 그날 밤 집에 가서 마이클에게 제니퍼가 그와 데이트하기를 원한다고 곧바로 전했다.

그는 물끄러미 동생을 바라보며 물었다. "제니퍼가 누군데?" 그의 심장이 펄떡거렸다. 마치 개구리 한 마리를 셔츠 속에 숨긴 것 같았다.

"제니퍼가 누군지는 오빠가 더 잘 알잖아. 난 똑똑히 봤다고. 그날 밤 로카르노에 갔을 때 오빠가 그 애한테서 잠시도 눈을 떼지 못하는 걸 말이야."

"아," 그는 생각에 잠긴 듯 고개를 끄덕였다. "그때 그 제니퍼를 말하는 거구나."

그는 이 사실을 알리려고 앨런에게 달려갔다. "데이트 신청 받았어." 그가 숨을 헐떡이며 말했다. "내가 춤추자고 한 여자애가 날 보고 싶어 한대."

앨런은 바닥에 쪼그리고 앉아 자전거 바퀴 펑크 난 곳을 찾으려 물그릇에 타이어를 집어넣고 살피던 참이었다. 그는 마이클의 말을 듣고도 별로 흥분하지 않았다. "새는 쫓는 게 아니야." 마이클에게 눈길을 주지 않은 채 그가 경고했다.

"내가 그 앨 쫓아다니는 게 아니야. 그 애가 나를 쫓아오는 거지."

"그냥 경고하는 거야. 새는 말이야, 쫓아가면 날아가게 마련이거든." 타이어에 보글보글 기포가 일자 그가 한숨을 쉬었다. 그러곤 조심스럽게 타이어를 들어 올렸다. "그녀가 정말 너를 만나고 싶어 하는 거라면, 좀 비싸게 구는 게 좋아. 다른 여자애들과 같이 있는 걸 보여주라고. 그 애가 이러쿵저러쿵 상상하게 만들란 말이지.”

“제발 그만둬, 앨런. 난 일주일만 있으면 군대 가야 된다고.”

“그럼 여기 있는 여자애들은 다 어쩌지?”

“네가 있잖아, 앨런.”

“하긴 그러네. 일단 내가 말한 대로 해. 새는 절대 쫓아가는 게 아니야.”

이튿날, 마이클은 신경을 잔뜩 곤두세우고 느릿느릿 구내식당으로 들어갔다. 그는 차를 한 잔 들고 루씨 앞에 서서 찻값 낼 차례를 기다렸다. 그녀는 미처 마이클을 알아보지 못했다. 누군가 접시에 남겨두고 간 스펀지케이크를 슬쩍 먹어치우던 참이었기 때문이다. 마이클이 서 있는 걸 본 순간 그녀의 목 언저리가 새빨갛게 물들었다. 그녀는 차마 입 안에 든 케이크를 제대로 삼키지도 못했다.

“당신을 다시 보게 되리라곤 상상도 못했어요!” 빵 부스러기를 튕기며 그녀가 황급히 인사말을 내뱉었다. 마이클은 그녀가 하는 말을 알아듣지 못했다. 하지만 미소로 응답한 뒤 문 옆 자리로 가 앉았다. 제니퍼는 보이지 않았다. 그는 30분 동안이나 그대로 앉아 있었다. 그러는 사이 루씨는 콧노래까지 흥얼거리면서 그의 주변 테이블을 닦았다. 물론 테이블을 닦는 건 루씨의 몫이 아니었다. 그럼에도 루씨는 마이클을 향해 꼬치고기 같은 웃음을 날리며 주위를 맴돌았다. 가까이 오는 다른 이들에게도 그녀는 미소를 지어 보였다. 마이클은 심란한 마음으로 그녀를 바라보았다. 마침내 그는 제니퍼 만나기를 포기했다. 그가 어슬렁어슬렁 출구 쪽으로 걸어갔다. 루씨는 몸을 살짝 비켰다.

"잘 가요!" 그녀가 한껏 다정한 목소리로 인사를 건넸다.

"안녕." 마이크는 문을 쾅 닫고 나왔다. 뜻밖에도 거기 제니퍼가 있었다.

"이봐요." 그가 나지막이 인사를 건넸다. "나 왔어요."

"나도 알아요."

그녀가 미소 지으며 대답했다. 오래된 교복 바지를 입고 있었지만 평상복 차림을 한 그는 멋져 보였다.

"잠깐 얘기 좀 나누지 않을래요?" 어색한 미소를 보내며 그가 말했다.

"지금 일하러 가야 돼요."

"내일 다시 올 수 있는데요."

"잘 됐네요." 그녀가 대답했다.

잘 됐다고! 그는 제니퍼가 복도를 따라 계단 쪽으로 걸어 내려가는 모습을 지켜보았다. 그리로 가면 그녀가 일하는 사무실이 있었다. 마이크도 슬슬 몸을 움직였다. 그는 빌딩에서 나와 마당으로 갔다. 그러곤 마치 정신 나간 박쥐처럼 벤치 위를 뛰어넘었다. 매점에 있던 여남은 명의 사무직 소녀들과 루씨 크래그웰이 그 모습을 보았다.

루씨는 식어버린 감자튀김을 짧아 먹으며 콧노래를 불렀다.

　다음 날에도 똑같은 일이 벌어졌다. 마이크가 속이 바작바작 타 들어가는 마음으로 절망하여 제니퍼를 기다리는 동안 루씨는 테이블 위를 닦으며 노래를 불러댔다. 그녀는 어떤 말부터 꺼내는 게 좋을까 궁리하며 일하는 참이었다. 마이크는 화가 머리 꼭대기까지 치밀었다. 누군가 자기를 바보로 만들고 있다는 생각이 들었다. 마침내 그는 마음을 접었다. 나가야겠다고 결심한 것이다. 그는 벌떡 일어서 매점 안을 가로질렀다. 루씨는 너무도 실망한 나머지 행주를 집어 던지고 그 뒤를 쫓아갔다. 마이크는 그녀를 피해 얼른 출구 밖으로 나가 사무실 쪽으로 갔다. 제니퍼를 찾아내 도대체 어떻게 된 영문인지 따져볼 참이었다. 그가 지나온 길 위로 무거운 발소리가 울려 퍼졌다. 모린을 발견한 그가 동생의 팔을 움켜쥐고 말했다.

　"저 여자애가 날 따라오고 있어."

　"그래서? 설마 루씨를 무서워하는 건 아니겠지?" 모린이 깔깔거렸다. 그녀는 루씨가 자기들을 따라잡을 수 있도록 일부러 천천히 걸었다.

　한 무리 소녀들이 지나쳐 갔다. 마이크는 그 애들이 목소리를 높여 수군거리고, 낄낄 웃어대며, 자기를 주시하는 거라고 생각했다. "쟤 때문에 돌아버리겠어." 그가 말했다. "장화에 달라붙은 신문지 조각처럼 내 주위를 뱅뱅 맴돌고 있다고. 모린, 제발 어떻게 좀 해 봐."

하지만 그녀는 루씨가 자기들 있는 쪽으로 바짝 다가왔을 때까지 아무런 행동도 취하지 않았다. 루씨가 마이크의 팔을 꽉 잡고 숨이 멎을 듯 웃어댔다. 복도는 일터로 돌아가는 소녀들로 북적거렸다. 어쩌면 제니퍼도 그 가운데 있을지 몰랐다.

루씨가 그를 향해 보름달 같은 얼굴을 치켜들었다. 기회를 놓칠세라 그녀가 물었다. "오늘 밤에 영화 보러 같이 갈래요?"

"좋아요." 그가 멍하니 대꾸했다. 제니퍼를 보았던 것이다. "좋고 말고요."

"내가 듣기론 여자가 먼저 남자한테 뭘 하자고 말하는 법이 없다면서요? 하지만 그건 정말 멍청한 짓이에요, 안 그래요?"

"뭐라고요? 아 예." 제니퍼는 겨우 몇 미터 떨어져 있었다. 그녀 역시 그를 본 게 틀림없을 터였다.

"그러니까 같이 가겠단 말인가요? 같이 갈 거죠?"

그는 어떻게든 루씨한테서 벗어나 제니퍼가 계단 위로 올라가버리기 전에 그녀 곁으로 가고 싶었다. 그는 어찌할 바를 몰랐다. 앨런의 충고가 떠올랐다. 루씨에게 잡힌 팔을 슬며시 빼내며 그가 대답했다. "좋아요."

루씨가 다시 그를 붙잡고 소리쳤다. "제니퍼!" 건물 안에 있는 사람 모두에게 들릴 만큼 큰 소리로 그녀가 말했다. "오늘 밤에 마이클이랑 영화 보러 가기로 했어."

수많은 얼굴이 물결치듯 웃음으로 일렁였다. 그 가운데 제니퍼의 얼굴도 있었다. 제니퍼의 표정을 보자 그는 머릿속이 하얘지는 것 같았다. 아무 생각도 나지 않았다. 하지만 잠시 후, 마당 벤치에 주저앉아 손에 머리를 파묻은 채 기억을 더듬어보니, 그 표정 속엔 분명 공허한 구석도 있던 것 같았다.

그날 밤 무엇을 어떡하면 좋을지 그는 통 알 수 없었다. 이제껏 한 번도 여자한테 데이트 신청을 받아본 적이 없었던 탓이다. 그는, 뭔가 특별한 게 있을 텐데, 하고 생각했다. 하지만 상대는 루씨 크래그웰이다! 그가 나가지 않으면 제니퍼는 루씨 말만 듣고 그를 나쁘게 생각할지도 모를 일이었다. 어쩌면 그것은 일종의 테스트일 수도 있었다. 그러나 테스트가 아니라면 대체 무엇일까? 루씨를 실망시킨다면 자신은 분명 나쁜 사람이 될 터였다. 마이크는 그 사실 또한 잘 알고 있었다. 그는 공장 문 옆에서 기다리고 있을 냄새 나고 뚱뚱한 루씨의 모습을 그려보았다. 혹시 장난치는 건 아닐까, 그래서 약속장소에 도착했을 때면 루씨가 제니퍼로 변해 있는 건 아닐까, 하고 그는 생각했다. 아마 그런 일은 절대 일어나지 않을걸, 앨런은 그들을 둘 다 보기라도 한 것처럼 깔깔거렸다. 어쨌든 마이크는 앨런의 충고를 받아들인 셈이었다. 효과가 있을지도 몰랐다. 어쩌면 이 일로 해서 제니퍼가 질투심을 갖게 될 수도 있지 않은가. 무턱대고 약속을 깰 필요가 없을 것 같았다.

그는 건달 옷을 차려입고 나갔다. 루씨는 벌써부터 약속장소에 도착해 그를 기다리고 있었다.

"사실 오늘 밤은 외출해선 안 되는 거였어." 그가 말했다. "짐 꾸릴 일이 좀 생겼거든. 나, 군대 가게 됐어." 어쩌면 그녀는 그를 놓아줄지도 몰랐다.

"난 군인이 좋더라." 아무렇지 않은 듯 그녀가 대답했다.

극장까지 가는 길에 그는 아주 약간 그녀 뒤로 비켜서서 걸어갔다. 그러곤 고집을 부려 자기가 영화 보는 값을 치렀다. 영화가 상영되는 동안 그녀는 마이크의 손 위에 자신의 손을 올려놓고 있었다. 일하는 사람 특유의 거칠고, 끈적끈적하고, 차가운 손이었다. 살갗이 다 얼얼할 지경이었다. 마침내 영화가 끝났다. 루씨는 자리에서 일어서 그가 자기한테 코트를 입혀주기를 기다렸다. 그녀가 옷을 입으려고 팔을 들어 올리자 매캐한 땀 냄새가 났다.

"마이클, 오늘은 내 생애 가장 멋진 밤이었어." 그녀가 말했다. 빌려 신은 구두에서 어색하게 달가닥거리는 소리가 났다. "비밀 한 가지 말해줄까?" 그녀가 말을 이었다. "데이트한 거, 오늘 처음이야."

그는 가슴이 좀 저려오는 걸 느꼈다. 뭔지 모를 연민과 동시에 자부심도 일었다. "나도 마찬가지야." 그가 무뚝뚝한 목소리로 대꾸했다.

다음 날, 그는 도저히 구내식당에 들어갈 수가 없었다. 제니퍼와 마주치게 될까 두려웠기 때문이었다. 그는 루씨와의 관계에 대해

해명해야 했다. 점심시간이 되자 그는 정원지기의 창고 주위를 배회하다 마당 한구석 벤치에 주저앉아 버렸다. 하늘은 낮았고 노란색이었다. 이런 날 바깥에 나와 앉아 있는 사람은 없었다. 갑자기 굵은 빗방울이 떨어지기 시작했다. 그는 꼼짝 않고 앉아, 비참하고 우울한 심정으로, 빗물 고인 자리가 점점 커지는 것과 벤치에 얼룩이 번져가는 모습을 바라보았다. 그는 루씨가 구내식당 창가에 서서 자기를 바라본다는 걸 알고 있었다. 그는 빗물이 가득 고인 벤치의 나사 구멍 속에 손가락을 담갔다. 그리고 벤치 팔걸이에 조심스럽게 'ㅈ'자를 썼다. 그는 다시 손가락을 담갔다. 'ㅔ''ㄴ'……. 연한 파랑색 우산을 들고 그녀가 나타났다. 그가 마음속으로 그녀가 나타나 주었으면 하고 바랐더니, 정말 그녀가 온 것이다. 그는 손으로 글자들을 가렸다.

"제니퍼," 그가 말했다. "오늘 밤에 영화 보러 갈래?"

그는 목 뒤로 빗방울이 똑똑 떨어지는 것을 느꼈다.

"두 번씩이나 보려 하다니, 정말 괜찮은 영화였나 봐."

"너하고 같이 보고 싶어서 그래."

"루씨랑 친해졌다고 생각했는데."

"그 애랑 데이트할 마음은 없었어. 진짜야." 그가 벌떡 일어섰다. 그 바람에 우산에서 떨어진 빗방울이 그의 얼굴에 튀었다. "그건 사고였다고."

"난 네가 용기를 낸 거라고 생각했는데."

"맞아. 아니. 용기를 낸 게 아니지. 내가 용감했다면 뭣 땜에 그랬겠어?"

"그냥 농담한 거야." 그의 눈길을 피하려고 그녀는 다시 한 번 우산을 털었다. "글쎄, 너한테 뭘 좀 말해도 될까 모르겠어, 마이클, 아니면 다른 이름이었나?"

"마이클 맞아." 그가 대답했다. "마이크라고 불러도 돼……."

"어쨌든 이건 농담이 아니야. 루씨가 사랑에 빠져버렸어. 바로 너한테 말이야."

"뭐라고!" 절대 안 돼! "사랑이라고!" 맙소사.

루씨는 여전히 창가에 서 있었다. 그녀의 미소가 느릿느릿 날아와 창날처럼 그에게 박혔다. 꼭 끼는 옷소매 위로 불거져 나온 팔, 생선처럼 밋밋한 회색빛 눈. 그녀는 행복에 겨워 콧노래를 부르고 있었다.

"말도 안 돼!"

"난 너 같은 남자애들을 이해할 수가 없어." 제니퍼가 쏘아붙였다. "그 애도 자기 마음을 어쩔 수가 없는 거라고."

"나도 마찬가지야." 마이크가 대꾸했다. "나도 어쩔 수 없어."

"난 네가 루씨랑 만족스러운 관계를 맺길 바라. 그게 전부야."

제니퍼가 가버리자 마이크는 다시 벤치에 주저앉았다. 당황스럽고도 비참했다. 갑자기 살갗이 다 오그라드는 것만 같았다. 시간이 좀 지난 뒤 그는 집에 가려고 일어섰다. 그때 구내식당 쪽에서 가볍게 유리창 두들기는 소리가 났다. 그가 몸을 돌려보니, 루씨가 손을 흔들고 있었다. 그는 신음소리를 내며 얼른 눈길을 피했다. 하지만 몇 분 지나지 않아 그는 축축한 도로 위에 묵직한 발소리가 울리는 걸 들었다. 그는 루씨가 자기를 따라오고 있다는 것을 눈치 챘다.

"내가 오늘 반나절 근무만 하는 걸 어떻게 알았어, 마이크?" 그녀가 물었다. 루씨는 신발을 고쳐 신으며 떨리는 마음을 다스렸다. 그녀는 용감하게 쫓아 나온 자신이 대견스러웠고, 그와 같이 있다는 게 기뻤고, 또 비가 내려 두 사람이 같이 우산을 쓸 수 있게 돼서 더욱 행복했다.

"실은 몰랐어." 그가 대답했다. "그냥 운이 좋았던 거지."

"우리가 운이 좋은 거야." 그녀가 말했다. "집에 가서 차 한잔 마시고 가지 않을래? 이거 우리 집 가는 버스거든."

그가 어깨를 으쓱했다. 차를 마시러 가기엔 몸이 너무 젖은 터였다. 그는 집에 가서 제니퍼에게 편지를 쓰고 싶었다. 어쩌면 시(詩)가 될지도 몰랐다. 그는 짐을 꾸리고 싶었다. 자기가 결심한 것도 글로 적어두고 싶었다. 군대 가 있는 동안 자기한테 무슨 일이 생긴다면 이제껏 모은 레코드판과 테디보이 의상을 고아원에 갖다 주라는 내용이었다. 그는 빗물에 쓸려 어디론가 떠내려가다 조용한 도랑 배관통 속에 떨어져 버리고 싶을 따름이었다.

그는 루씨를 따라 버스에 올라탔다가 다시 내렸다. 그리고 개 냄새가 진동하는 작고 어두컴컴한 집으로 들어갔다. 덩치 크고, 밋밋

한 얼굴을 한 여인이 부엌에서 나와 그들을 맞았다. 루씨가 늙으면 딱 그런 모습이 될 것 같았다. 그녀는 탐탁지 않은 표정으로 두 사람을 바라보았다.

"엄마, 이쪽은 마이클이에요. 제가 말씀드린 적 있잖아요." 루씨가 행복한 투로 말했다.

그녀의 엄마는 허물없이 코를 쿵쿵거리곤 젖은 옷을 갈아입으라며 루씨를 위층으로 올려 보냈다. 마이크는 그녀가 옷을 갈아입느라 방 안을 왔다 갔다 하며 노래 부르는 소리를 들었다. 그녀의 목소리는 놀라울 만큼 달콤했다. 크래그웰 부인은 벽난로 옆에 서서 모락모락 김을 뿜어내는 마이크에게 차를 대접했다. 그는 별로 앉고 싶은 마음이 없었다. 개 한 마리가 닫힌 문을 긁어대며 낑낑거리고 있었다. 루씨의 엄마는 딱딱한 비스킷을 한 입 깨물고 나서 눈이 뚫어져라 마이크를 쳐다보았다. 그녀의 머리카락은 꾀죄죄한 은발로 귀 주변에 축 늘어져 있었다. 마이크는 비로소 차를 한 모금 삼켰다. 바로 그 순간, 그는 똑같은 은발 한 오라기가 찻잔 안에 풀려 있는 걸 보았다. 그리고 곧이어 머리카락이 편도에 걸렸음을 느꼈다. 그는 머리카락을 뱉어내느라 기침을 해보았다. 크래그웰 부인은 비스킷을 한 입 더 깨물었다.

"자네가 그 앨 돌봐 줄 참인가? 내 말 듣고 있나?" 루씨의 엄마가 마침내 입을 열었다. "장난치는 거라면 용납할 수 없어."

마이크는 혀를 뒤쪽으로 구부려 목구멍에 걸린 머리카락을 찾는 중이었다.

"젊었을 때 실연당해본 적이 있다네. 난 우리 딸한테 그런 일이 안 일어났으면 좋겠어."

그는 손가락을 입 안에 넣고 머리카락을 찾아보았다. 그 바람에 다른 손으로 들고 있던 찻잔이 흔들리면서 찻물이 쏟아졌다.

"루씨는 얼굴도 예쁘지 않고, 별로 똑똑하지도 않아." 크래그웰 부인이 말을 이었다. "하지만 그 앤 좋은 아이야. 그런 착한 애 마음을 다치게 하지는 않겠지?" 그녀의 두 눈에 깊은 그늘이 드리워졌다. 자신의 슬픈 기억 때문인 것 같았다. "왜 그러나? 이가 많이 아픈가?"

"크래그웰 부인, 제가 뭔가를 삼킨 거 같아요."

"그럼, 칵 뱉어내게." 루씨 엄마가 슬며시 다가와 엄지손가락으로 마이크의 등을 눌렀다. "내가 자네 찻잔에 과자 부스러기를 빠뜨린 모양이군. 자네도 생강과자 좀 먹어보겠나?"

마이크가 원하는 것이라곤 오직 그 자리를 빠져나가는 일이었다. 하지만 그는 어찌하면 좋을지 방법을 알 수 없었다. 그는 루씨가 아래층으로 내려오는 소리가 들리기 무섭게 문 앞으로 돌진해 갔다.

"그만 가봐야겠어. 짐을 싸야 하거든." 그가 말했다.

그는 루씨의 실망한 표정을 보았다. 그녀는 새 옷으로 갈아입고, 화장까지 한 터였다. 머릿결이 풍성하게 보이게 빗질도 열심히 한 것 같았다. 게다가 향긋한 땀띠분 냄새까지 났다.

"가지 마." 그녀가 부탁했다.

"안 돼, 정말이야. 가야 해. 난 지금 기분도 아주 좋고, 몸도 다 말랐어. 이거 봐. 괜찮잖아."

"마이크, 내일 또 만날 수 있는 거지?"

"물론이지. 그럼. 당연한 거잖아?" 신선한 바깥 공기를 쐬고 빗방울을 맞을 수 있다면 그보다 더한 소리도 할 수 있었다. 깨진 약속과 외로움 그리고 거짓말 같은 데 비한다면 그건 사실 냉정한 축에도 못 끼었다. 내일은 그의 마지막 날이었다. 제니퍼를 다시 만나볼 수 있는 마지막 기회였다.

"그럼, 일 끝나고 만나자."

그리고 그는 바깥으로 나갔다. 이번에는 마구 달렸다. 옷깃을 세우고, 첨벙거리며 물웅덩이를 지나, 머리를 흔들어대며 뛰어갔다.

루씨 크래그웰은 너를 사랑하고 있어. 그 애를 마음 아프게 해선 안 돼. 달아나지 마.

"오 루씨, 루씨야." 크래그웰 부인은 한숨을 쉬면서 차를 한 잔 더 끓이려고 주전자를 올렸다.

마이크의 엄마 도로시는 아들이 가지고 갈 물건들을 챙겨주려고 시내에 나가 쇼핑을 했다. "새 양말이랑 속옷을 좀 사 왔어. 좋은 거야." 차 마시는 시간에 그녀가 말했다. 그녀는 아들에게 용기를 주고 싶었다.

"여보, 우리 아들한텐 그런 거 필요 없어. 군대에서 다 줄 거야."
앨버트가 재미있다는 투로 말했다.

마이크는 등을 잔뜩 구부린 채 찻잔을 들고 앉아 있었다.

"마이크, 어서 마셔라."

"오빠는 사랑에 빠졌대요." 모린이 끼어들었다.

"조용히 하지 못해!"

"나도 그렇게 생각해." 도로시가 환한 기색으로 말했다. "밥도
안 먹지, 하루 종일 나가 있지, 밤에도 안 자고 서성거리지, 물에 빠
진 생쥐 꼴로 집엘 들어오지 않나. 나도 눈치 챘어."

"사랑에 빠진 게 아니라니까요." 마이크가 벌떡 일어섰다. 그는
자기 아빠보다도 키가 컸다.

"그 여자 이름은 루씨 크래그웰이래요. 지저분한 못난이고요."
모린이 놀려댔다.

"지저분하지 않거든."

"좋아, 됐다." 앨버트가 말했다. 그는 처음으로 아들 편을 들었
다. 왠지 아들 녀석이 안됐다는 생각이 들었다. "그 얘긴 더 이상
하지 말자. 마이크, 엄마가 널 위해 끓인 건데 좀 들지 그러니. 네가
맛볼 수 있는 버젓한 음식 가운데 마지막 하나일지도 모르잖아."

그날 밤 마이크는 방 안을 계속 서성거렸다. 그는 창문을 활짝 열
었다. 평소 모형비행기를 매달아 두었던 고리에 맞닿도록 커튼을

힘껏 젖혔다. 내일이면 집을 떠나게 될 터였다. 그리고 다시 돌아왔을 때면 그는 진정한 남자가 되어 있을 것이다. 어쨌든 진행될 일이었다. 그걸 막고자 그가 할 수 있는 일은 아무것도 없었다. 관심을 가져줄 사람 하나 없었다. 누군가 신경 써줄 사람이 있다면 그 역시 싫지 않을 것 같았지만, 그럴 사람도 없었다. 만에 하나 그에게 편지를 써 보낼 여자친구가 있고, 그래서 침대맡에 그녀의 사진을 끼워둘 수 있다면, 그리고 그녀가 자기를 만나러 오겠다고 약속을 해준다면, 군대에 가는 것도 그다지 나쁜 일은 아닐 거라고 그는 생각했다. 더구나 그 여자친구가 제니퍼라면 더없이 좋을 것 같았다. 하지만 만일 이대로 간다면 그건 루씨가 될 게 틀림없었다. 루씨의 마음을 아프게 하려고 뭔가 끔찍한 방법을 쓰지 않는다면 말이다. 그는 어떡하면 좋을지 알 수가 없었다.

"가엾은 크래그웰 부인," 그는 불현듯 자기 생각에 깜짝 놀랐다. "루씨 엄마가 옳았어, 옳았다고."

어쩌면 루씨는 상처받게 될지도 몰랐다.

다음 날 공장 문 밖에 서 있던 그가 제일 먼저 본 사람은 바로 제니퍼였다. 그녀가 곁으로 다가오자 '계곡의 백합'이라는 향수 냄새가 진동했다.

"제니퍼," 그가 절망적인 투로 말을 붙였다. "너한테 할 말이 있어. 나 내일 떠나."

"알고 있어." 그녀가 말했다. "군대 가면 진짜 남자가 된다던데."

"난 원래 남자야." 그가 대꾸했다. "요즘 들어 거의 매일 면도한다고."

"그래." 그녀가 미소 지었다. "그럼 틀림없는 남자네. 잘 지내고 와."

그녀가 발걸음을 뗐다. "잠깐만," 그가 소리쳤다. "너한테 편지 써도 되니?"

제니퍼는 곰곰이 생각하며 입을 비죽거렸다. 루씨가 오고 있었다. 그녀는 마이크를 발견하자마자 달리기 시작했다. 제니퍼는 몸을 앞쪽으로 기울여 그의 팔을 토닥여주었다. "편지 주고받는 친구가 되기엔 내 나이가 좀 많은 거 같아." 그녀가 말했다. "어쨌거나, 난 테디보이를 좋아하지 않아. 그러니까 테디보이가 어른이 되어도 마찬가지란 뜻이야. 무슨 말인지 알겠지?" 루씨가 숨을 헐떡거리며 뛰어왔다. 제니퍼는 얼른 몸을 곧추세우며 말했다. "둘이 좋은 시간 보내."

마이크는 주머니 깊숙이 손을 집어넣었다. 안감 찢어진 게 느껴졌다. 루씨가 기다리고 있었다.

"가자." 이윽고 그가 입을 열었다. 루씨는 터벅터벅 그 뒤를 따라 걸었다. 앨런이 자전거를 타고 지나가다 보고 놀려댔다. "만일 고양이가 내 앞길을 가로막는다면 차버렸을까." 마이크는 생각했다. "아니야, 그렇게는 못 해. 어떻게 고양이를 발로 찰 수 있겠어? 난

올챙이 한 마리도 찌부러뜨리지 못하는 위인인걸." 그는 문득 군복을 입고 군인이 된 제 모습을 상상해보았다. 모래주머니를 차고 달리면서 꽥꽥 소리를 지르고, 총검을 다루는 모습을. 그는 끙끙 신음소리를 내더니 비틀거리며 벽에 몸을 기댔다. 그러곤 두 팔로 제 몸을 부둥켜안았다.

"또 치통이 온 거야?" 루씨가 물었다.

"루씨, 난 정말 군대 가기 싫어."

"괜찮을 거야."

"가기 싫어. 군인이 되고 싶지 않다고. 대체 뭘 위해 그래야 되는 거지? 사람을 죽이는 일이잖아."

"좋은 친구도 사귀게 될 거야."

"루씨, 난 겁이 나."

그녀는 사려 깊은 표정으로 그를 바라보았다. "물론 그럴 수 있어. 내가 너였더라도 겁이 났을 거야. 여자애들은 군대 갈 필요가 없으니 얼마나 다행인지 몰라. 좀 불공평한 거 같긴 하지만 말이야. 어쨌든 이럴 땐 여자인 게 고맙지 뭐."

"나한테 편지해줄 거지?" 그는 갑자기 포동포동한 그녀의 팔에 안기고 싶은 마음이 간절해졌다. 그녀는 얼음장 같은 손으로 마이크의 손을 꼭 쥐고서 그를 상점 현관으로 데려갔다. 그러곤 타일을 깐 바닥에 핸드백을 내려놓더니 두 팔을 들어 올려 그의 어깨 위에 얹었다. 그녀는 보름달 같은 얼굴로 그를 올려다보았다.

"왜 그래, 루씨?" 그가 걱정스럽게 물었다.

"너한테 키스해주고 싶어서." 그녀가 대답했다. "그런데 키가 닿질 않아. 네가 허리를 좀 굽혀주면 좋겠어."

그는 그녀의 입이 자기 입술에 닿을 수 있도록 몸을 구부렸다. 그는 머릿속이 어지러웠다. 난 그녀의 감정을 다치게 하고 싶지 않아, 그냥 내버려 두자, 가슴 아프게 해서는 안 돼, 하고 그는 생각했다. 나는 그녀에게 유일무이한 데이트 상대잖아.

"자 이제," 그녀가 핸드백을 집어 들고 그에게서 한 걸음 물러서며 말했다. "그냥 듣기만 해. 난 너한테 편지를 쓰지 않을 거야."

오 잘 됐군, 그는 생각했다.

"난 네가 무슨 생각을 하고 있는지 잘 알아. 넌 내가 편지를 쓸 거라고 생각하지? 내가 사귀는 사람이 너밖에 없으니까. 너는 나를 계속 만나야 한다고 생각하고 있어. 그건 네가 내 마음을 아프게 하고 싶지 않기 때문이지. 넌 나를 불쌍하게 여기고 있는 거라고. 너는 또 네가 떠났다가 돌아올 때까지 내가 이곳에 남아 있을 거라고 생각하지. 그 누구도 나를 원하지 않는다는 걸 넌 알고 있거든. 입 다물어, 내가 말하는 중이잖아."

마이크는 현관 구석에 있는 가장자리가 닳고 닳은 낙엽들을 물끄러미 바라보았다. 그는 목구멍이 바작바작 타들어 가고 감정이 복받쳐 오르는 걸 느꼈다.

"난 네가 나한테 관심을 갖고 있다고 생각했어. 하지만 이제 확실히 알게 됐어, 네 마음은 오직 제니퍼한테만 쏠려 있다는 걸 말이야. 난 처음부터 모든 걸 짐작하고 있었어. 하지만 모른 척했지. 가만있어. 짜증나게 하지 마. 물론 우리는 이런 식으로 계속 만날 수도 있어. 넌 나를 불쌍하게 여겨서 만나주고, 나는 또 너를 놓치고 나면 몇 년이고 다른 사람을 못 만나게 될까 봐 전전긍긍 널 따라다니고. 너도 알잖아? 마이클, 우린 결혼까지 갈 수도 있어. 그런 생각 해봤어? 너 뭣 땜에 훌쩍거리니? 지금 이 자리에서 훌쩍거릴 수 있는 건 나밖에 없어. 우린 애들을 일렬종대로 낳을 수도 있어. 너처럼 길고 구부정한 다리를 가진 애들이랑 나를 닮아 생선처럼 납작한 얼굴을 가진 애들을 말이야. 그런 생각 해본 적 있어? 난 해봤어. 솔직하게 말하자면, 마이클 브래들리, 지난 토요일 밤부터 다른 생각은 아예 하나 없었지. 그리고 이제 결심했어, 그런 짓은 하고 싶지 않다고 말이야. 난 구부정한 겁쟁이 남자친구 따윈 필요 없어. 날 좋아하지도 않으면서 겁이 나서 아무 말도 못하는 그런 남자는 싫다고."

"난 네가 좋아."

"입 다물라고 했지. 난 아무나 좋아하는 사람이 아니거든. 하지만 만일 내가 누군가를 좋아하게 된다면, 그땐 시작부터 평등하고 정당하고 확실한 관계가 되도록 할 거야. 네가 제니퍼를 쫓아다닌 것처럼 그가 나를 쫓아다니게 하지는 않을 거라고. 다른 남자애들도 그런 식으로 제니퍼를 쫓아다니지만 말이야. 또 내가 너를 따라

다녔던 것처럼 그를 따라다니지도 않겠어. 그건 정말 어리석은 방법이야. 이게 바로 사랑에 대한 내 생각이야. 평등하지 않다면, 그 사랑은 진짜가 아니야. 그리고 진짜가 아닌 사랑은 소유할 가치도 없는 거지. 난 저 버스를 타고 갈게."

그날 밤 크래그웰 부인은 루씨에게 줄 차 한 잔을 들고 터벅터벅 2층으로 올라갔다. 루씨는 불도 켜지 않고 있었다.

"딸아, 기분이 좀 나아졌니?" 그녀가 물었다.

루씨가 코를 훌쩍이며 대답했다. "조금요."

크래그웰 부인은 커튼을 쳐주려고 창가로 갔다. 그녀는 키가 아주 크고, 호리호리한 젊은이가 밖에 우두커니 서 있는 걸 보았다. 가로등 불빛 아래 창백하고 어린아이 같은 그의 얼굴이 드러났다. 그는 루씨네가 차를 마실 때부터 거기 그렇게 서 있었다. 크래그웰 부인은 고개를 흔들며 커튼을 쳤다. 그리고 루씨의 빈 찻잔을 닦으러 아래층으로 내려갔다.

이튿날 아침 앨버트와 도로시는 마이크를 배웅하러 역으로 갔다. 그들도 마이크처럼 불안하고 초조했다. 그래서 막판이 되자 아들에 대한 걱정과 사랑을 감추려 들지 않았다. 그날 밤이면 아들이 쓰던 방에 하숙할 사람이 이사 올 터였다. 하지만 그들은 아직 그 사실을 말하지 않았다. 마이크는 가방을 들어 올려 기차 선반 위에 없고, 유리창에 몸을 기댔다. 갑자기 흥분이 되었다. 기차 엔진에서 소용돌이치듯 증기가 뿜어져 나왔다. 그 순간 플랫폼을 따라 문들이 닫히기 시작했다. 기적이 울렸다. 역무원이 깃발을 들어 올렸다.

"기다려요! 잠깐만! 기다려요!"

제니퍼였다. 큰 소리로 외치고 손을 흔들어대면서 그녀가 플랫폼을 달려오고 있었다. 몇몇 사람이 그녀 뒤를 따랐다.

"여기야, 제니퍼! 여기! 나 여기 있어!" 그가 문을 밀어젖히며 소리쳤다. 제니퍼는 그를 보더니, 자기 뒤에서 쫓아오던 소녀를 붙잡아 얼른 마이크가 탄 칸 안으로 밀어 넣었다.

"이쪽은 마이클 브래들리야." 그녀가 헐떡이며 말했다. "여긴 내 언니 조씨고. 휴우!" 그녀가 숨을 몰아쉬는 동안 그녀의 부모인 브라이디와 잭이 다가왔다. "마이클, 우리 언니는 대학에 입학하러 가는 길이야. 그리고 조씨, 이쪽은 군대 가는 길이고. 휴우!"

"꼭 편지 써라!" 잭과 브라이디가 소리쳤다.

"잘 지내야 한다, 마이클!" 도로시와 앨버트도 다짐을 주었다.

"얘기 많이 들었어." 조씨가 말했다. "제니퍼가 너에 대해 전부 이야기해주었거든."

"제니퍼가?"

기차가 갑자기 앞으로 움직였다. 가족들이 잘 가라고 소리쳐 인사하자 마이크와 조씨도 유리창 밖으로 몸을 내밀었다. 엄청난 소리로 숨을 내뿜으면서 기차가 속도를 높이기 시작했다. 플랫폼에 증기가 소용돌이쳤다. 덕분에 가족들 모습은 잘 보이지 않았지만, 마이크와 조씨는 계속해서 손을 흔들었다.

"실은 집 떠나는 게 좀 겁나." 조씨가 마음을 털어놓았다.

"아냐, 그럴 필요 없어." 마이크가 그녀를 위로했다. "맞아, 그래, 조금은 그렇지. 나도 처음엔 떠나고 싶지 않았거든. 지금은 괜찮아. 머리 조심해, 터널이야." 마이크가 그녀를 차창 안으로 잡아끌었다.

"네 콧등엔 벌써 검댕이 묻었어." 그녀가 상냥하게 말했다.

"넌 제니퍼랑 좀 다르구나." 그가 말했다.

"나도 알아. 제니퍼는 춤추는 걸 즐기는 예쁜 소녀야. 난 집에서 책 보는 걸 좋아하는 조용한 사람이고. 난 교사가 되고 싶거든."

"너도 제니퍼 못지않게 예뻐." 마이크가 말했다. "아니, 그게 아니야. 내 말은…… 그러니까…… 넌 어떤가 하면……."

기차가 터널 속으로 돌진해 들어갔다. 그는 당황한 채 시커먼 어둠 속에 앉아 있었다. 그녀가 코를 훌쩍대는 소리가 들렸다. "뭔가 다르다고……. 하지만 아주 멋져. 더 멋진 거 같아……." 그가 애를 쓰며 말했다. 훌쩍거리던 소리가 피식 웃음으로 변하는가 싶더니 조씨가 킥킥거리기 시작했다. 그녀는 참으려고 애를 써보았지만 도저히 그럴 수가 없었다. 마이크 역시 가슴속에 미묘한 웃음이 차오르는 걸 느꼈다. 억누르려고 하면 할수록 웃음은 더욱더 강렬하게 치솟았다. 그들은 어둠 속에 앉은 채 저마다 배꼽을 쥐고 깔깔거리다 급기야 비명을 질렀다. 그 소리는 터널 한쪽 끝에서 다른 쪽까지 이어졌다. 마침내 기차가 터널을 빠져나오는 순간 그들은 고향 셰필드와 작별인사를 나누었다. 그리고 장차 두 사람이 공유하게 될 새로운 인생 속으로 뛰어들었다.

대니

마이크와 조씨는 약 3년 후 결혼했다. 아주 평등한 관계로 맺어진 결혼이었다. 조씨는 똑똑하고 생각이 깊은 여자였다. 엄마의 기질을 이어받아 이따금 성질을 부리기도 했지만 그 덕분에 남편은 제 분수를 지킬 수 있었고, 친정 엄마 브라이디도 평정을 유지할 수 있었다. 마이크는 키가 아주 크고, 건장한 남자였다. 그들은 누가 누구에게 먼저 결혼하자고 말했는지 따위를 기억하지 못한다. 어떤 식으로든 자기들은 당연히 결혼하게 될 거라고 믿었기 때문이다. 그들의 첫째 아이는 사내였다. 아이는 집에서 태어났고, 브라이디가 곁에서 이를 도왔다. 순조로운 출산은 아니었다. 아기를 낳는 동안 조씨는 몇 번이고 의식을 잃었다가 되찾곤 했는데, 그때마다 브라이디가 딸에게 정신을 차리라고 다그쳐댔다. 마침내 아기가 태어나자 브라이디는 손자의 몸 위에 성호를 그었다.

"엄마, 그건 무슨 뜻이에요?" 지칠 대로 지친 조씨가 몸을 떨며 물었다. 브라이디는 머리만 가로저었다. "아주 잘생긴 사내아이란다." 그녀가 대답했다. "이 아이를 축복하는 거야."

그들은 아기에게 대니라는 이름을 지어주었다. 우리 가족을 하나로 묶어준 것은 그 누구도 아닌 바로 대니였다. 나는 대니 오빠가 일곱 살 때 태어났다. 그때는 이미 오빠가 어떤 상태인지 모두에게 확실히 밝혀진 다음이었다. 대니가 이상하다는 걸 처음으로 알게 된 사람은 브라이디였고 그다음이 조씨였다. 조씨는 긴가민가하면서 남편에게 그 사실을 알리지 않은 채 가슴속에 담아두었다. 그러다 결국 마이크도 그 사실을 알게 되었다. 대니가 태어난 지 몇 개월 안 되었을 무렵이었다. 목욕을 마친 대니가 몸을 말리느라 침대에 누워 있을 때였다. 마이크가 갑자기 성마른 소리로 말했다.

"이 녀석 발놀림이 좀 이상해."

"나도 알아요." 조씨가 조용히 대꾸했다.

"발을 제대로 가누지 못하는 것 같아, 그렇지?"

"아니에요."

마이크는 뭔지 모를 두려움 때문에 화가 났다. "대체 당신은 알고 난 모르는 게 뭐지?"

“아무것도 없어요, 마이크.” 그녀가 말했다. “이 아이가 왜 그러는지 나도 몰라요. 난 그저 우리 애가 남과 좀 다르다는 것만 알아요. 그리고 이젠 당신도 알게 됐고요. 그러니까 뭐가 어떻게 된 건지 나한테 다그치지 말라고요.”

“그러니까 우리가 알아내야 하는 거 아니오?”

그것은 어린 대니가 수많은 의사와 병원, 그리고 수술과 맞부딪쳐야 한다는 사실을 알려주는 신호탄이었다. 그리고 가족은 서서히 그가 더 이상 좋아지지 않을 터라는 것, 그리고 정상적으로 걷게 될 수 없을지도 모르며, 다른 아이들과 함께 놀지도 못할 거라는 사실을 인정하게 되었다. 또 시간이 지날수록 상태가 점점 악화될 거라는 것과 그는 결코 어른이 될 때까지 살 수 없다는 것도 이해하게 되었다.

“아이가 살아 있는 동안 가능한 한 편안하게 느끼도록 해주세요. 그게 우리가 할 수 있는 전부입니다.” 마이크와 조씨에게 전문의가 말했다. “치료는 불가능합니다.”

대니가 잠들 때마다 마이크는 아기 침대 곁에 앉아서 한없이 그의 머리카락을 어루만져 주었고, 조씨는 마치 꽃눈에서 새잎이 돋아나는 걸 관찰하는 사람처럼 몇 시간이고 부엌 창문 너머로 바깥을 바라보며 서 있곤 했다.

“난 도저히 이 상황을 견딜 수 없을 거 같아요.” 그녀가 마이크에게 말했다.

"당신은 강해." 그가 힘주어 말했다. "우리는 강하다고."

대니는 여섯 번째 생일이 지난 뒤 얼마 안 있어 처음으로 휠체어를 받게 되었다. 그는 휠체어가 멋진 물건이라고 생각했다. 조씨는 대니를 데리고 어린이 종합병원에 가서 정기검진을 받을 때마다 아이가 너무 걷기 어려워할라치면 그를 업곤 했다. 그날 조씨는 병원에서 나오는 길에 아이를 휠체어에 태운 채 공원으로 갔다. 그들은 거기서 일을 마치고 오는 마이크와 만나 산책하기로 약속한 터였다. 처음으로 사람들이 조씨와 대니를 주목하기 시작했다. 유모차를 타고 다녔을 적만 해도 사람들은 대니가 또래 아이들과 조금도 다를 바 없다고 생각했을 터였다. 또 그가 조씨의 등에 업혀 다닐 때에도 그저 피곤한 아이라고들 생각했을 것이다. 그러나 이제 사람들은 그가 다르다는 것을 알게 되었다. 애써 외면하는 눈길이 그것을 증명했다.

대니가 의자에 앉아 노래 부르는 동안, 조씨는 비참한 심정이 되어 무작정 공원 저쪽 끝에 있는 조그만 오리연못까지 아이를 밀고 갔다. 그녀는 대니가 청둥오리들에게 빵 조각을 던져줄 수 있도록 난간 바로 위까지 데려갔다. 바야흐로 4월이었다. 황금빛 수선화는 찬란하게 빛났고, 갯버들가지엔 보송보송한 잔털이 노란 주근깨처럼 돋아 있었다. 모든 것이 빛나는 태양을 반사하고 있는 것처럼 보였다. 슬픔에 잠겨 보낼 날은 아니었다. 대니는 참새들이 바퀴 주변에 떨어진 빵 조각을 쪼아 먹는 걸 보고 흥분해서 소리를 질러댔다. 그 바람에 빵 부스러기가 든 봉투가 대니의 무릎에서 미끄러졌다. 그는 봉투를 주우려고 애를 썼다. 하지만 조씨는 아이를 도와줄 생각도 못하고 그저 바라만 보았다. 대니는 몸을 앞으로 기울이고 손가락을 벌린 채 끙끙대고 있었다. 조금만 더 구부리면 의자가 기울어질 참이었다. 그래도 그녀는 움직이지 않았다. 그는 두 팔을 지렛대처럼 받치고 미끄러지듯 앞쪽으로 몸을 밀면서 봉투 있는 데로 발을 뻗었다. 이제 곧 의자가 쓰러질 터였다. 그때였다. 곁을 지나던 조그마한 여자아이가 봉투를 주워 들더니 부끄러운 듯 대니에게 건네주었다.

"거의 다 잡을 뻔했는데." 대니가 말했다. "그렇지?"

아이가 놀란 표정으로 고개를 흔들었다.

"어쨌든 그건 내가 먹을 게 아니었어." 대니가 말했다. "오리들 주려고. 너도 좀 줘볼래?"

아이는 또 한 번 고개를 흔들었다. 대니가 무서운 모양이었다. 하지만 아이는 대니가 연못 위에 빵 부스러기를 던지고, 청둥오리들이 그걸 먹으려고 달려드는 모습을 지켜보았다. 조씨는 벤치에 앉아 꼬마 여자아이가 깡충거리는 것을 물끄러미 바라보았다. 튼튼한 다리 위로 불거진 조그만 근육이, 처음으로, 그녀는 부러웠다. 아이는 샌들 신은 발끝으로 난간을 톡톡 찼다. 그러곤 가볍게 몸을 숙여 대니가 떨어뜨린 빵 부스러기를 그러모은 뒤 일어서 여기저기 흩뿌리며 참새들을 약 올렸다. 그러더니 자기가 마치 한 마리 새라도 된 듯 난간에서 가파른 잔디밭 위로 훌쩍 달아나 버렸다. "가서 놀게." 아이가 소리쳤다. 대니는 청둥오리를 관찰하느라 넋이 나갔는지 몸을 앞으로 구부리고 있었다.

조씨는 마이크가 온 것도 알아차리지 못했다. 그가 조씨의 어깨에 손을 얹으며 인기척을 냈다. 그러곤 그녀가 앉은 벤치 옆에 쪼그리고 앉으며 말했다. "대니는 뭐 하는 거지?"

"병원에서 휠체어를 줬어요." 들릴락 말락 한 소리로 그녀가 말했다.

"대니에게는 저런 거 필요 없어. 아직은," 마이크가 화가 나서 대답했다.

"애가 자꾸 넘어져요. 의사들이 지금부터 쓰는 게 좋대요."

"항상 저걸 타고 다니래?"

"아니요. 아직은요. 하지만 휠체어 타는 데 익숙해져야 한대요."

그녀가 일어나 마이크의 손을 잡아끌었다. 그러곤 대니가 이야기 내용을 듣지 못하게끔 연못가에서 조금 떨어진 곳으로 갔다. 그녀의 손은 남편의 손목을 단단히 붙들고 매고 있었다.

"무슨 일이야?" 그가 물었다. 겁을 내는 것 같았다. "의사들이 또 뭐라고 말한 거야?"

"새로운 건 없어요. 똑같은 이야기죠." 그녀는 여전히 목소리에 힘이 없었다. "마이크. 나는 대니가 요양소에 갔으면 좋겠다고 생각해요." 휠체어에 앉아 몸을 앞으로 굽히는 아이의 모습이 흐릿해졌다. 날카로운 햇살이 화살촉처럼 물 표면에 꽂히더니 춤추듯 흩어졌다. "대니한테는 그게 가장 좋은 방법인 거 같아요. 아이들은 그 애를 좋아해요……. 그 아이만의 친구들."

"당신은 지친 거야." 마이크가 말했다.

"맞아요. 난 지쳤어요. 얼마나 더 버틸 수 있을지 나도 모르겠어요. 난 무서워요. 이건 책임감이 너무 많이 필요한 일이에요."

키 큰 나무에서는 지빠귀들이 아무렇지 않은 듯 태평스럽게 지저귀고 있었다. 조씨가 해야만 하는 말을 힘겹게 꺼내는 사이 마이크는 그저 무력하게 그녀를 바라보기만 할 뿐이었다.

"그런 말을 해서 죄책감이 들어요." 그녀가 말했다. "그리고 대니를 세상에 태어나게 한 것도 너무 미안해요. 가끔씩 나는, 대니가 아예 태어나지 않았더라면…… 더 좋았을 거라고 생각해요."

엄마가 대니를 두고 그렇게 말한 건 정말 끔찍한 일이었다. 물론 대니를 사랑했기 때문에 한 말이었다.

잔인하게도, 지빠귀가 다시 지저귀기 시작했다. "대니는 내 아들이기도 해, 그걸 잊지 말아요." 마이크가 말했다. "우린 해낼 수 있어."

"아빠! 아빠! 내 의자 좀 봐요!" 대니가 소리쳤다. "굉장하죠?"

그날 밤 마이크는 가족회의를 소집했다. 조씨가 요리를 하는 동안 그는 먼저 앨버트와 도로시에게 연락을 했고 그다음으로 잭과 브라이디를 불렀다. 대니는 그때 아래층에 마련된 새 침실에서 이미 잠들어 있었다. 마이크는 공원에서 있던 일에 대해서는 얘기하지 않았다.

"부모님들께 조언을 구하려고요. 우리 대니를 위해서 말이죠." 그가 말했다. "그 앤 기껏해야 우리랑 10년 남짓밖에 더 살 수 없어요. 우리는 그 사실을 인정했고 받아들였답니다." 앨버트는 아들을 바라보며 그처럼 커다란 책임감이 그를 진정한 남자로 만들었음을 깨달았다.

"결코 긴 시간이 아니죠." 조씨가 말했다. "어떻게 하면 그 10년이란 시간을 값어치 있게 만들어줄 수 있을까요?" 그녀의 앳된 얼굴이 걱정으로 그늘졌다.

"단 17년뿐이라 해도 매 순간 사랑으로 가득 찬 충만한 삶이라면 70 평생을 냉랭하고 쓸모없이 사는 것보다 훨씬 낫단다." 브라이디가 말했다. "대니는 아주 행복한 아이야, 신께 감사드리자."

도로시는 비티 아주머니를 떠올렸다. 그녀는 삶의 막바지에 아무것도 한 게 없다며 남은 마지막 몇 주일을 온통 후회만 하며 보냈다. "만약 나한테 현금이 조금만 있었어도 말이지," 그녀가 도로시네 집 화로에 발을 녹이며 말했다. "나는 여길 떠났을 거야. 그리고 사방 천지를 돌아다니며 온갖 일을 해보았을 거라고." 그 말에 도로시와 루이 그리고 어린 동생들은 까르륵 웃음을 터뜨렸다. 비티 아주머니는 바로 옆 골목에 무슨 일이 생겨도 절대 알아보러 나가지 않는 사람이었기 때문이다. "그때 나는 어린 소녀였어." 도로시가 생각했다. "인생이 나한테 무슨 짓을 한 거지?" 방 안에 침묵이 흘렀다. 그들은 돈으로 살 수 있는 것이라면 무엇이든 그에게 줄 수 있을 터였다. 하지만 그것으로 충분할까? "엄마의 사랑보다 좋은 건 없단다." 잭이 부드러운 목소리로 말했다. "아빠의 사랑도요." 마이크도 말했다.

옆방에서 대니가 우는 소리가 나자 조씨가 달려갔다. 어설픈 자세로 잠들었다가 다리에 경련이 일어난 모양이었다. 조씨는 매일 밤 그랬듯 아이에게 마싸지를 해주었다. 보통 때 같았으면 조씨와 대니는 서로에게 이야기를 들려주었을 터였다. 하지만 그날 밤은 그러지 않았다. 아이는 엄마의 마음이 좋지 않다는 걸 느끼고 가만히 있었다. 다만, 테디 베어(애칭은 테드) 인형도 다리에 쥐가 났다고 말했을 따름이었다. 그 역시 테디 베어에게 뭔가 해주고 싶었다.

"좀 낫니?" 조씨가 물었다.

"네, 고마워요 엄마. 테드도 좋아졌대요."

"다행이다. 이제 다시 잠을 청해보렴."

대니는 테디 베어 옆에 몸을 붙이고 잘 준비를 했다. 하지만 오래 가지 못할 잠이었다. 경련이 자주 일어났기 때문이다. 조씨는 아이 옆에 앉아 손을 어루만져 주었다.

"엄마? 내가 이 세상 그 무엇보다 원하는 게 뭔지 알아요?"

그녀의 심장이 멈췄다. 이 아이가 이야기를 들었을까?

"그게 뭐야, 대니?"

"여자 동생이요. 안 되나요?" 동생을 보기로 한 것은 조씨와 마이크, 즉 엄마와 아빠에게는 아주 가혹한 결정이었다. 또다시 대니 같은 아이를 낳게 될지 모른다고 경고를 받았던 탓이다. 아주 건강한 아이들이라 할지라도 힘에 부친다는 사실을 그들은 잘 알고 있었다. 하지만 양쪽 조부모가 힘껏 도와줄 터였다. 결국 가족은 대니의 동생을 보기로 결정했다. 그러고 나서 1년 뒤에 존 오빠가 태어났다. 존 오빠는 덩치가 크고, 말수가 적으며, 좀 뚱한 구석이 있는 독립적인 아기였다. 나는 그때부터 열 달 뒤에 태어났다. 내가 첫 숨을 터뜨리며 세상에 태어난 순간, 나는 대니 오빠한테 세상에서 가장 멋진 선물이 된 셈이었다. "얘가 진짜 내 동생 맞아요?" 간호사가 나를 그의 팔에 누여주자 대니 오빠가 이렇게 물었다. 대니 오빠는 내게 자기가 가지고 놀던 테디 베어를 주었고, 내 이름도 지어주었다. 제스라고 말이다. 대니 오빠랑 나는 어린 시절 내내 한 침대를 썼다.

엄마는 비록 일이 많아지긴 했지만 그 어느 때보다 행복해했다. 두 명의 건강한 아이가 장난을 치며 돌아다니고 일을 방해했어도 엄마한테는 아무런 문제가 되지 않았다. 오히려 도움이 됐다. 대니 오빠는 이제 절대 혼자가 아니었다.

대니 오빠의 열 번째 생일에 엄마는 카메라를 선물했다. 양쪽 할머니 할아버지 모두 대니 오빠의 생일파티에 참석했다. 따뜻하고 풍성한 9월이었으므로 우리는 함께 정원으로 나갔다. 사과나무는 주렁주렁 열린 빨간 공 열매 때문에 무거워 보였다. 마치 크리스마스트리에 방울을 잔뜩 매달아 놓은 것 같았다. 아빠는 우리에게 주려고 사과를 몇 개 땄다. 하지만 세 살배기였던 나는 나무 꼭대기 근처에 달린 아주 크고 빨간 것을 따달라고 졸랐다.

"사다리까지 꺼내러 가긴 좀 그래." 아빠가 말했다. "이것들 중 한 개를 먹어. 싫으면 관두고."

나는 샐쭉해서 대니 오빠의 휠체어 곁에 앉아 있었다. 그때 갑자기 오빠가 내 팔에 있던 테드를 빼앗더니 나무 위로 던져 올렸다. 내가 갖고 싶다고 한 사과를 맞춰 떨어뜨릴 작정인 것 같았다. 물론 오빠는 성공하지 못했다. 인형은 나무에 거꾸로 매달렸고, 애간장을 태우는 사과는 여전히 꼭대기에 있었다. 나는 화를 내며 오빠의 팔을 때렸다. 그러자 앨버트 할아버지가 나를 번쩍 안아 나무 있는 데로 뛰어가더니 목말을 태워줬다. 그래도 손은 닿지 않았다.

"할아버지! 제스도 던져버려요!" 대니 오빠가 소리쳤다. 갑자기 키가 커진 나는 사람들이 날 보고 웃는 모습을 내려다보았다. 나는 울기 시작했다. 그러자 식구들은 더 크게 웃었다. 존 오빠가 대니 오빠의 목발 한 개를 들고 왔다. 그러곤 목발을 흔들며 할아버지 주위를 맴돌았다. 나는 오빠한테서 그걸 빼앗아 위로 치켜들고 휘둘렀다.

"제대로 좀 해봐! 더 힘껏 쳐야지, 제스. 이런 바보 같으니!" 대니 오빠는 신이 나서 낄낄거리며, 우리가 나무 가까이 다가서지 못하게끔 할아버지 다리 주위에서 휠체어를 앞으로 밀었다 뒤로 밀었다 했다. 나는 나무 꼭대기를 향해 힘껏 목발을 던졌다. 목발은 나무에 부딪혔다가 이내 옆집 마당으로 떨어졌다. 내가 갖고 싶어 한 그 사과는 앨버트 할아버지의 머리에 맞았다가 길 위로 떨어지며 뭉그러져 버렸다. 멜빵 줄이 가지에 걸린 테드는 흡사 목을 매단 사람처럼 여전히 흔들거리고 있었다. 나는 엉엉 울었다.

"어차피 벌레 먹은 사과였단다, 얘야." 앨버트 할아버지가 말했다. "내 머리카락 사이에서도 방금 한 마리 찾았어."

대니 오빠가 못 참겠다는 듯 깔깔대며 내게 두 팔을 뻗었다. 그 순간 엄마는 셔터를 눌러 오빠의 사진을 찍었다.

존 오빠는 나이가 들수록 집에 있는 것을 싫어했다. 그는 축구를 하거나 뭔가 다른 것을 하려고 늘 집 밖으로 나돌았다. 하지만 나는 대니 오빠와 함께 있는 게 더 좋았다. 우리는 닮은 점이 아주 많았다. 대니 오빠와 나는 몇 시간이고 같이 그림을 그렸다. 때로는 오빠가 내게 책을 읽어주기도 했다. 우리가 함께 공원에 갈 때면 나는 장난감 휠체어에 테디 베어를 태워 밀어주곤 했다. 그건 특별히 아빠가 유모차 바퀴를 사용해서 오빠 거랑 비슷하게 만들어준 것이었다. 존 오빠가 어디선가 뛰어다니며 놀고 있을 때, 나는 공원 벤치에 앉아 두 개의 휠체어를 곁에 두고 대니 오빠와 수다를 떨었다.

"넌 가서 뛰어다니며 놀고 싶지 않아?" 이따금 오빠가 물어봤다.

"오빠가 놀면." 내가 대답했다.

"음, 아니. 오늘은 그러고 싶은 마음이 없는걸." 대니 오빠는 잠시 생각하는 시늉을 하다가 말했다.

"나도 그래." 내가 맞장구쳤다.

하지만 솔직히 뛰어놀고 싶었다. 대니 오빠랑 같이 있지 않았다면 나는 새처럼 자유롭게 공원을 가로질러 보았을 터였다. 나는 그것을 '대니를 위한 달리기'라고 부르고 싶었다.

내가 여덟 살이 되던 해 대니 오빠의 병세가 급속도록 나빠졌다. 나는 대니 오빠와 빨리 이야기를 나누려고 언제나 학교에서 집으로 뛰어가곤 했다. 오빠는 내가 수다 떠는 걸 귀찮아하기 시작했다. 오빠한테는 이제 내게 나누어줄 시간이 별로 없는 것 같았다. 오빠가 많이 피곤해하면 엄마는 그 즉시 나를 방에서 나가게 했다. 존 오빠는 어딘가 다른 곳에 있을 터였다. 그는 언제나 멀리 가 있다가 밥 먹을 시간이 되어서야 나타났다. 나는 바깥 창틀에 걸터앉아 엄마가 열일곱 살이 다 된 대니 오빠를 씻겨주고 또 옷을 갈아입혀주는 모습을 지켜보았다. 사실 오빠는 거의 성인이나 다름없었다. 하지만 힘이라곤 하나도 들어가 있지 않은 그의 팔다리는 축 늘어져 있을 뿐이었다. 나는 오빠가 손을 흔들어주거나 같이 놀자고 부를 때까지 기다리곤 했지만, 오빠는 요즘 들어서 절대 그러지 않았다. 목욕은 오빠의 에너지를 몽땅 고갈시켰다. 그래서 엄마는 오빠를 굴리다시피 하여 간신히 휠체어에 앉혔다. 오빠는 거기 누워, 기진맥진한 상태로, 간간이 잠에 빠져들 터였다. 우리 엄마는 절대 오빠 곁을 떠나지 않았다. 오빠에게 줄 음식을 만들 때도 엄마는 그를 휠체어에 태워 부엌으로 데려갔고 걱정스러운 눈길로 주시했다. 그러고 나서 엄마는 대니 오빠 옆에 무릎을 꿇고 앉아 이유식처럼 으깬 무른 음식을 한 숟가락씩 떠먹였다. 음식물이 입가로 흘러내렸지만 엄마는 아무 말 없이 숟가락으로 그러모았다. 만일 엄마가 허락했다면, 나도 대니 오빠에게 밥을 먹여줄 수 있었을 것이다.

"가서 혼자 놀아." 내가 주위를 맴돌며 쳐다보는 걸 눈치 채고 엄마가 말했다. "제발 내 옆에서 얼쩡대지 마라."

아빠는 퇴근하자마자 엄마를 2층에 올려 보내 잠깐이나마 눈을 붙이게 했다. 그러고는 대니 오빠 맞은편에 앉아 몸을 앞으로 숙인 채 대니에게 말을 건네고 또 건넸다. 그 두 사람 주위엔 거미줄 같은 게 둘러쳐진 것 같았다. 잠잘 시간이 되면, 나는 소리 없이 내 방으로 건너갔고, 테디 베어와 더불어 마음을 위로하며 밤을 보냈다.

그즈음엔 가족 중 어느 누구도 말을 많이 하지 않았다. 기회가 있을 때마다 나는 대니 오빠 곁에 작은 의자를 갖다 놓고 앉았다. 이따금 내 책을 건네줘 보았지만 오빠는 그것마저 밀쳐냈다.

"오빠, 왜 그래?" 나는 그렇게 묻곤 했다.

"아무것도 아니야. 그냥 넌더리가 나. 그것뿐이야."

어느 날 저녁, 가족이 함께 텔레비전을 보고 있는데 대니 오빠가 갑자기 쿵 하고 의자에서 떨어졌다. 마치 누군가 그의 몸속에 있는 공기를 다 빼버린 것처럼 옆으로 쓰러진 채 기절해 있었다. 아빠는 대니 오빠를 번쩍 들어 테이블 위에 눕히더니 그에게 생명의 키스를 해주었다. 대니 오빠의 손이 움직이기 시작했고, 곧 눈도 떴다. 그의 눈은 두려움에 잠겨 있었다. 아빠는 어린애를 안아주듯 대니 오빠를 무릎 위에 앉히고 끌어안았다.

"아직은 아니야, 대니." 아빠가 말했다. "아직은 때가 아니란다."

그 일이 있은 뒤 간호사가 매일 와서 그를 돌보았다. 조부모님들도 늘 집 안에 머물렀다. 그러고 나서, 어느 주말 저녁, 존 오빠를 데려가려고 모린 고모가 왔다.

"나도 가요?" 사정을 이해하지 못한 내가 물었다.

"대니는 네가 여기 있었으면 해." 브라이디 할머니가 말했다. "너도 알다시피 대니 오빠는 너를 아주 많이 사랑하거든."

"그럼 이제 오빠랑 놀아도 되나요?"

"들어가서 오빠를 보는 건 좋아. 하지만 정말 조용히 해야 돼. 그럴 수 있지? 다른 사람에게 피해를 주면 안 되거든."

그들은 오빠 방 유리창을 커튼으로 다 가려놓았다. 햇빛이 너무 강렬했기 때문이다. 소음이라곤 없었다. 나는 겁이 났다. 대니 오빠는 침대에 누워 있었다. 하지만 오빠처럼 보이지 않았다. 오빠가 나를 향해 손을 뻗는 걸 보고 난 도망쳤다. 복도에 걸려 있는 코트 뒤에 몸을 숨겼다. 아빠가 나를 나오게 하려고 달래줬다. 하지만 나는 점점 더 몸을 사렸다.

"차 마신 다음에 제스를 모린네로 데려다 줘야겠어." 도로시 할머니가 말했다. 나는 그게 벌을 받는 거라고 생각했다.

"나는 모린 고모한테 가기 싫어요. 대니 오빠랑 놀고 싶다고요." 내가 코트 뒤에 숨은 채 말했다.

"대니 오빠하고는 더 이상 놀 수 없어." 나는 할머니의 발밖에 볼 수 없었다.

"왜 안 돼요? 오빠한테 무슨 일이 생긴 건가요?"

"나한테 묻지 마라."

"엄마한테 갈래요."

"안 돼. 엄마는 대니 때문에 정신이 없어."

"나는 지금 엄마한테 가고 싶단 말이에요."

"안 된다고 했잖니, 제스. 엄만 지금 마음이 안 좋단다."

나는 엄마의 냄새가 풍기는 코트 안에 얼굴을 파묻었다. 그리고 밖으로 나가기를 거부했다. 시간이 조금 지나자 사람들도 내게 부탁하는 것을 그만두었다. 집 안은 온통 침묵에 잠긴 채 바삐 돌아갔다. 사람들이 나왔다 들어갔고 또 소곤거렸다. 나는 대니 오빠 방으로 들어가는 문이 열렸다 닫혔다 하는 것을 볼 수 있었다. 나는 또 오빠 방에 드나드느라 내 곁을 지나가는 여러 개의 다리를 주목했다. 들락날락, 뒤로 갔다 앞으로 갔다 하는 다리들 가운데 엄마 것은 없었다.

몇 시간이 지나자 의사가 간호사를 데리고 집에 왔다. 집이 너무 고요해서 나는 모두 떠나버린 줄만 알았다. 그때 문 두드리는 소리가 들리더니, 누군가가 말했다. "구급차가 도착했어요."

복도에 수많은 다리가 있었다. 사람이 너무 많았다. 그들은 대니 오빠의 방에서 무엇인가를 들고 나왔다.

"나는 오빠가 미워." 내가 소리쳤다.

누군가가 코트 뒤에 숨은 나를 끌어내더니 찰싹 내 뺨을 때렸다.

친구들이 대니 오빠가 죽었다고 말해주었을 때, 나는 그게 모두 내 탓이라는 것을 알았다. 아무도 나와 얘기하려 들지 않았다. 나는 그들이 내가 한 짓을 용서할 수 없기 때문에 그러는 거라고 생각했다. 엄마는 자기 방에 틀어박혀 나오지 않았다. 장례식이 있던 날 나는 엄마와 아빠 옆에 앉았다. 모린 고모는 교회로 존 오빠를 데리고 와 내 옆에 앉게 했다. 존 오빠는 나를 쳐다보지 않았다. 그래서 난 가족이 존 오빠한테 내가 무슨 짓을 했는지 다 일러바쳤다는 걸 알게 됐다. 사람들이 오빠의 관을 땅속에 묻으려고 들고 나왔다. 나는 등을 돌렸다. 하지만 아무도 나를 쳐다보지 않았다. 목 근처와 목구멍 속에 끔찍한 아픔이 느껴졌다. 나는 고개를 치켜들고 구름이 바람에 날리는 연기처럼 하늘을 가로질러 달려가는 모양을 바라보았다. 높은 나뭇가지에 모여 앉은 까마귀들의 시끄러운 울음소리는 나를 비난하는 것 같았고, 시커먼 나무들마저 나를 어둠 속에 뭉개버리려고 내 머리 위로 몸체를 밀어붙이는 것 같았다.

집으로 돌아온 다음 나는 사람들 사이를 빠져나와 대니 오빠의 방에 들어갔다. 그리고 거기 그대로 앉았다. 고요했다. 내 텅 빈 손 안에, 내 눈꺼풀 위에, 또 내 혀 위에도, 온통 적막이 내려앉았다. 아무도 나를 찾으러 오지 않았다. 날이 더 어두워지자 나는 내 방으로 올라가서 대니 오빠가 준 테디 베어를 돌보았다. 누군가 내 방문을 열었지만 나는 잠든 척했다. 그러자 그들은 나를 깨우지 않고 그냥 갔다. 눈을 떴을 때 나는 검은 우물 같은 하늘에서 달빛이 마치 쥐불놀이 하듯 돌아가는 것을 보았다.

내가 다시 일어났을 때는 아침이었다. 존 오빠가 내 침대 위에 앉아 있었다.

"나는 울 수가 없어." 그가 말했다. "넌 울 수 있어?"

나는 고개를 저었다. 다시 겁이 났다. "내가 대니 오빠를 죽였어." 조그만 소리로 내가 말했다.

존 오빠가 물끄러미 나를 바라봤다. "아니야, 네가 그런 게 아니야."

"내가 그랬어. 내가 끔찍한 말을 했다고. 내가 그런 거야."

다른 누군가도 일어난 모양이었다. 수도꼭지를 틀 때 수도관에서 나는 날카로운 소리가 들렸다. 아빠가 일어나 부엌에 있는 것 같았다. 존 오빠가 내 솜이불을 끌어당겨 자기 어깨를 덮었다.

"모린 고모가 그랬는데, 다들 대니 형이 죽을 거라는 사실을 알고 있었대. 대니 형조차도 말이야." 그가 말했다.

"고모가 그렇게 말했다는 거 진짜야?"

"하지만 우리는 몰랐잖아. 그건 공평하지 않아, 그렇지? 어른들은 우리한테도 대니 형한테 인사할 기회를 줬어야 한다고."

나는 그날 대니 오빠의 방 안에 있었다. 나는 끔찍한 생각을 털어내려 애썼다. 내 두려움을 말이다. 나는 침대에서 뛰어내려 창가로 갔다. 늦은 아침이었다. 이슬을 머금은 풀잎이 햇빛에 반짝거렸다. 밤바람에 시달린 꽃들은 축 늘어진 채였다.

"오빠, 신발 신고 말이야." 내가 존 오빠한테 말했다. "나랑 같이 정원에 나갈래?"

우리가 내려갔을 때 부엌에 없었던 걸 보면, 아빠는 엄마한테 마실 걸 가져다주러 간 게 틀림없었다. 나는 테드를 데려갔다. 우리는 정원으로 나가 삽과 갈퀴를 찾아 들고 함께 마땅한 장소를 골랐다. 그러고 나서 나는 테드를 젖은 풀 위에 올려놓았다. 우리 두 사람은 습기 찬 갈색 흙을 퍼 올리며 땅을 파기 시작했다. 자신만의 생각으로 머릿속이 혼잡한 채로 말이다. 내 잠옷 가장자리에 진흙이 튀었다. 땅을 파헤치다 알뿌리가 나왔는데 나는 다시 심을 생각으로 조심스레 한쪽으로 밀어놓았다. 거기서 꽃이 피어날 거라고 생각하니 마음이 좋았다.

"이 정도면 됐어." 존 오빠가 말했다.

우리는 삽과 갈퀴를 내려놓았다. 나는 테드를 집어 올렸다.

“잘 가, 대니 오빠.”

나는 테드를 가만가만 땅속에 내려놓았다. 편안하게 잠들도록 떨어진 한쪽 다리를 잘 여며주었다. 우리는 부드러운 흙을 떠서 테드 위에 뿌려주었다.

“흙에서 나온 것은 흙으로 돌아가나니……”

다시 한 번 목구멍 속에 끔찍한 통증이 느껴졌다. 그리고 나는 존 오빠가 우는 소리를 들었다. 이윽고 달콤한 안도감에서 나온 눈물이 얼굴을 타고 흘러내렸다. 나는 그것이 결코 끝나지 않을 울음이라는 걸 느낄 수 있었다.

엄마가 잠옷 차림으로 밖에 나와 우리한테 왔다. 맨발에, 머리카락은 죄다 헝클어진 채였다. 엄마는 우리 둘을 끌어안았다.

“작별인사를 나눌 시간이구나.” 엄마가 말했다. “너무 늦은 게 아니었으면 좋겠다.”

비둘기 소년

좀 잔인하게 비교하자면, 둘째 오빠 존은 대니 오빠와 달리 활동적이고 몸도 건강한 데다 힘도 세다. 존 오빠가 제일 좋아하는 건 자전거 타는 일이다. 나도 버스 기다리는 게 귀찮을 때는 자전거를 탄다. 하지만 우리 마을 셰필드로 말하자면 마지막 반 시간 정도는 그걸 밀고 올라가야 할 만큼 지대가 높다. 그런데도 존 오빠는 동네 구석구석 자전거를 타고 안 쏘아 다니는 데가 없다. 주말엔 특히 오빠를 보는 게 하늘의 별 따기만큼 어렵다. 엄마 역시 오빠 걱정하는 일을 포기해버린 지 몇 해 됐다. 가족이 어쩌다 자동차를 함께 타고 더비셔로 갈 일이 생기면, 오빠는 내내 "여기가 바로 해기스가 자전거에서 떨어진 데야."라거나 "저기 담벼락 보이지? 우린 저기 앉아서 초콜릿 바를 먹었어."와 같은 무용담을 늘어놓곤 했다.

나는 존 오빠와 공통점이 별로 없었다. 우리 가족 중 그 누구도 오빠랑 잘 통하는 사람은 없었다. 내 생각엔 아빠 역시 존 오빠에게 시간을 많이 할애해주지 않았던 것 같다. 대니 오빠가 세상을 떠난 다음, 엄마와 나는 아주 친해졌다. 나는 엄마랑 시간을 보내는 게 너무 좋았다. 하다못해 엄마랑 같이 시내에 나가 가게 여기저기를 기웃거리는 것까지 재미있었다. 그러나 내가 가장 즐겼던 건 일요일마다 엄마와 함께 더비셔로 산책을 나가는 일이었다. 요즘 들어 나는 이따금 그 시절 내가 엄마를 성가시게 했을지도 모른다는 생각을 한다. 언제나 엄마랑 같이 있으려고 했고, 엄마가 하는 일마다 참견하려 들었으니까.

"나는 절대 시집가지 않을 거야." 어느 날 내가 엄마한테 선언했다. "나는 엄마랑 같이 살면서 엄마가 늙으면 잘 돌봐 줄 거야."

엄마는 깔깔 웃었다. "난 언제나 내 자신을 스스로 돌볼 수 있게 되길 기도하는걸." 엄마가 말했다. "하지만 그게 안 된다면, 네가 이 엄마를 땅 끝 마을로 데려가서 작은 보트에 태워 바다로 밀어주렴."

"엄마, 그런 바보 같은 소리 하지 말아요. 엄만 배 멀미 하잖아요." 내가 대답했다. 하지만 엄마가 그렇게 말했을 때 내 안에 슬픈 감정이 복받쳐 오르는 걸 숨길 수가 없었다.

그때 난 열세 살 무렵이었다. 우린 엄마가 가장 좋아하는 장소 가운데 하나인 스터너지 산등성이를 걷던 참이었다. 그곳은 계곡 위로 거대한 바위들이 포진해 있는 데였다. 아래쪽 바위에서 찰그랑 찰그랑 금속 부딪치는 소리가 났다. 암벽을 등반하는 이들이 거미처럼 절벽을 타고 오르면서 내는 소리였다. 우리는 또 그들의 목소리가 산에 울려 퍼지는 것도 들었다. 히스*가 무성한 황야는 아직 겨울 빛을 떨쳐내지 못한 듯 어두웠다. 히스 벌판엔 혹을 단 것처럼 둥그런 양 떼들과 표석들이 있었고, 산등성이에서 좀 떨어진 풍성한 초록색 농지 맞은편으로 오후의 햇살이 기울어 들었다. 경사면 아래쪽은 봄기운으로 가득했다. 저곳 어디선가 존 오빠는 자전거에 앉아 초콜릿 바를 먹으며 얼마나 달렸는지 가늠하고 있을 터였다.

대니 오빠가 살아 있다면 지금 스물세 살일 텐데, 갑자기 그런 생각이 들었다. 대니 오빠에 대한 기억은 여전히 내 마음을 아프게 했고 나를 두렵게 만들었다. 엄마한테도 마찬가지일 것 같았다. 오빠는 어디에 있을까?

"엄마는 정말 천국과 지옥이 있다고 믿어요?" 내가 엄마에게 물었다. 엄마는 다시 한 번 웃었다.

"어떻게 생각하느냐는 너한테 달렸지. 어디 한번 네 자신을 이

---

* 철쭉과의 상록 관목으로 자홍색 꽃이 핀다.

하늘이랑 이 바위에 견주어보렴. 그러면 네가 얼마나 작은 존재인지 알게 될 거야."

"엄마도 그래요?" 불현듯 내 자신이 더 이상 소용돌이치지 않으려고 엄마를 꽉 붙잡은 먼지 입자 같다고 느껴졌다. 나는 어지러웠다. 우리는 잠시 바람을 피해 표석 사이 움푹 팬 곳에 함께 앉았다.

"엄마는 네 나이만 했을 때 천국과 지옥이 있다는 걸 확신했었어. 맞아, 그랬지. 너도 알겠지만, 엄마는 가톨릭 신자였거든. 나는 선하게 살면 상을 받고 나쁜 짓을 하면 벌을 받는다는 사고방식이 마음에 들었단다. 어쨌거나, 아주 정당하고 깔끔한 것으로 보였거든. 하지만 지금은 내가 무얼 믿는지조차 모르겠다."

내 자신이 너무도 작게 느껴졌다. 내가 중요한 사람이긴 한 건지 의심이 들었다. 조그맣고 하얀 종 모양의 꽃이 죽어버린 히스 관목 더미 속에서 여전히 흔들리고 있었다. 그걸 보고 나는, 황야가 전부 히스로 덮여버려 자주색에 흰색 그리고 파란색 천지가 되고 더욱이 가시 돋친 노란색 꽃망울이 사방 터져버리면 과연 그 누가 이 작고 하얀 방울 모양의 꽃을 눈여겨볼까 생각했다. 나는 꽃을 뽑아 들어 엄마한테 보여줬다.

"뭐가 더 중요해," 내가 엄마에게 물었다. "나야 아니면 이 작은 히스 포기야?"

"너지."

"하지만 그게 나라는 걸 엄만 어떻게 알아?"

“그 꽃은 우리한테 즐거움을 줘. 하지만 그걸로 다야. 너도 물론 기쁨을 주긴 하지. 나도 모르겠다, 제스. 나한테 어려운 거 묻지 마라.”

“이 꽃을 뽑으면 안 되는 거였어.” 내가 대답했다. “이제 곧 죽어 버릴 거야.”

우리는 존보다 한발 늦게 집에 도착했다. 엄마와 나는, 그가 자전거를 뒷문 옆에 세우고 새들백*에서 뭔가 꺼내 들고는 우리 앞을 지나 2층으로 뛰어 올라가는 걸 보았다. 그는 곧장 욕실로 들어갔다.

“자전거 잘 탔니?” 엄마가 소리쳐 물었다.

“그럼요! 70킬로미터나 달렸는걸요.” 그가 욕실 문을 닫고 소리쳤다.

이번엔 오빠가 차 끓이는 걸 도울 차례였다. 나는 복습을 좀 하면서 방에 앉아 있었다. 우리 엄마는 역사 선생님이었다. 그런데도 난 지난번 기말시험을 칠 때 역사 과목에서 낙제점수를 받았다. 엄마는 별로 상관하지 않는 것 같았지만, 나는 신경이 쓰였다. 난 두 번 다시 낙제하고 싶지 않았다. 아빠가 2층에 있는 내게 세탁물 말린 걸 넣어둔 욕실 찬장에서 깨끗한 테이블보를 하나 가져다 달라고 부탁했다.

“내가 갖다 드릴게요.” 존이 계단 위로 뛰어오르며 말했다. 하지

---

* 안장에 부착하여 사용하는 가방으로 펼치면 배낭이 된다.

만 오빠보다 내가 빨랐다. 나는 찬장 문을 열었다. 그러자 뭔가 급작스레 튀어나와 내 얼굴 쪽으로 날개를 퍼덕거렸다. 나는 비명을 질렀다. 어느새 존이 달려와 나를 한편으로 끌어당겼다. 엄마가 그 뒤에 서 있었다.

"너 무슨 짓을 하는 거니?" 엄마가 다그쳤다. 존 오빠는 잿빛 비둘기 한 마리를 손에 쥐고 있었다. 녀석이 그의 손안에서 필사적으로 날갯짓을 했다. 비둘기의 두 눈은 공포로 번뜩거렸다. 나는 그때까지 몸을 떨고 있었다. 녀석이 내 얼굴에 일격을 가하고 마구 날개를 친 그 순간을 나는 결코 잊지 못할 것이다. 엄마가 찬장에서 바싹 마른 리넨 테이블보를 꺼내며 물었다.

"도대체 새가 왜 여기 들어와 있는 거지?"

"제가 거기 집어넣었어요." 존 오빠가 대답했다.

"깨끗이 빤 세탁물을 넣어두는 찬장 안에 말이지!"

"엄마, 죄송해요. 정말 죄송해요. 우린 그걸 자전거 타고 가다가 발견했어요. 해기스는 그게 이미 죽었다고 생각했지만, 전 아니었어요. 그래서 새들백에 넣어 집에 데려와서는 따뜻하게 해주려고 찬장 안에 넣어줬어요."

"너 바보 아니냐?" 엄마도 나만큼 화가 났는지 소리를 꽥 질러댔다. "이 바보 멍청아, 저놈이 여길 어떻게 만들어놨나 좀 봐. 당장 내보내지 못해."

오빠는 양손으로 비둘기를 둥그렇게 감싸 쥐고 서 있었다. 가슴에서 파닥거리는 녀석의 모습이 심장 뛰는 것처럼 낯설어 보였다.

"내쫓으라니까." 엄마가 소리쳤다. "우리 집에서 새를 키울 수는 없어."

밀가루 반죽을 하던 아빠가 무슨 일인가 하고 달려왔다. "존, 녀석을 처치해버려."

"처치해버리라니, 그게 무슨 뜻이죠?"

"네가 저걸 발견했던 장소에 도로 갖다 두라는 뜻이야."

"아빠, 거긴 여기서 너무 멀어요. 그린들포드 근처라고요."

"내보내."

"차부터 먼저 마시면 안 돼요?"

"차는 없어지지 않아. 저거 먼저 갖다 버려."

오빠의 얼굴이 하얗게 오그라들었다. 내가 비명을 지르는 바람에 사건이 커진 꼴이었으므로 사실 난 얼마든지 오빠를 도울 수 있는 입장이었다. 하지만 난 그렇게 하지 않았다. 나는 부모님이 오빠에 맞서 내 편을 들어준다는 게 너무 기뻤다. 겁에 질린 나를 보호해주려고 말이다.

"날 놀리기 위한 것치곤 정말 멍청한 속임수였어." 내가 말했다.

"속이려고 한 게 아니었어. 난 그저 비둘기를 따뜻하게 해주려고 거기 집어넣은 것뿐이라고."

"그렇다면 네 뜻을 증명해봐." 아빠가 종지부를 찍으려고 오빠를 종용했다. "이제 그 녀석을 제거해."

오빠가 내 곁을 지나가는 순간 나는 그에게 승리의 미소를 지어 보였다.

눈 깜짝할 사이 어둠이 내렸다. 하지만 존 오빠는 그때까지도 집에 돌아오지 않았다. 엄마는 특유의 태도로 다른 생각에 잠겨 있는 척 행동했다. 하지만 그녀는 볼펜으로 테이블 위를 계속 두들겨대며 유리창을 힐끔거리다 우리를 돌아보곤 했다. 물론 유리창엔 엄마와 우리 모습밖에는 보이지 않았다. 나는 존 오빠가 돌아오기는 할 건지 슬며시 걱정이 되었다. 나는, 자전거를 타고 더비셔의 고요한 밤길을 이리저리 헤매고 있을 오빠의 모습을 상상해보았다.

"엄마, 나 역사 공부하는 것 좀 도와줘요." 내가 엄마에게 말을 걸었다. "내일 역사 시험 치는 날이라고요."

"너 혼자 해." 엄마가 대답했다.

나는 아빠가 그만두라고 닦아세울 때까지 고양이에게 종잇조각을 튕겨대며 녀석을 고문했다.

이윽고 밖에서 자전거 바퀴 돌아가는 소리가 들려왔다. 엄마는 얼른 커튼을 치더니 다시 교과서에 고개를 묻었고, 아빠는 오븐 스위치를 끄러 갔다.

"배고프냐?"

존 오빠는 아무 대답이 없었다. 그는 방 안으로 들어와 팔걸이 달린 의자에 털썩 주저앉았다. 그러곤 팔다리를 큰 대 자로 쭉 뻗었다. 오빠는 몹시 지쳐 보였다. 눈을 비벼댄 탓인지 얼굴엔 시꺼먼

줄무늬도 있었다.

"다시 데려왔어요." 그가 입을 열었다.

아빠가 그 소릴 듣고 부엌에서 나왔다. 복도에 선 아빠는 너무 화가 나서 아무 말도 하지 못했다. 존이 조심스럽게 재킷을 벗고 그 안에 자리를 잡았던 비둘기를 꺼냈다. 그는 두 손으로 비둘기 요람을 만들어주었다. 녀석은 차분하게 우리 가족을 쳐다봤다. 고양이 패디가 등을 아치 모양으로 구부리더니 녀석을 향해 꼬리털을 곤두세웠다. 나는 가르랑거리는 고양이를 쓰다듬었다.

"왜?" 엄마가 물었다.

"이 녀석을 발견한 자리까지 갔어요. 몇 마일이나 되는 거리였다고요. 난 비둘기를 나무 곁에 놓아줬어요. 그랬더니 얘가 날개를 쫙 펴고 앉더라고요. 나도 안심하고 걸어갔지요. 그런데 문득 녀석이 잘 있나 궁금해져서 발길을 돌렸어요. 비둘기는 그냥 있었어요. 처음에 놓아준 그대로요. 그래서 난 녀석을 집어 들어 위로 살짝 던졌어요. 그냥 날게 해줄 생각이었거든요. 그런데 떨어졌지 뭐예요. 전, 제가 이 녀석을 죽인 거나 마찬가지라고 생각했어요. 날 수가 없잖아요. 그래서 결국 집에 다시 데려온 거예요. 다 나을 때까지 제가 이 녀석을 돌봐 줘야 해요."

"그건 오빠 책임이 아니야." 내가 말했다.

"무슨 소리, 이건 내 책임이야. 내가 발견했거든. 그러니까 너도 이 녀석을 갖다 버리라고 강요할 생각일랑 하지 마. 자기 자신을 돌볼 힘이 없는 새라고!"

나는 엄마랑 아빠가 재빨리 눈길을 주고받는 걸 보았다. 깊이를 알 수 없는 눈길이었다. 엄마가 읽던 책을 옆으로 밀쳐냈다. 우울해 보였다.

"여보, 존한테 저녁 좀 차려줘요. 자동차 트렁크 안에 빈 상자가 하나 있던 거 같은데. 내가 가서 가져올게요."

존 오빠가 밥을 먹는 동안 비둘기는 테이블 위에 엎어둔 상자 속에서 날개를 푸득거렸다. 패디는 비둘기 냄새를 맡느라 코를 킁킁거리며 방 안을 돌아다녔다. 오빠는 비둘기한테 우유에 적신 빵 부스러기를 숟가락으로 떠먹여 줬다. 나는 상자 속을 들여다봤다. 하지만 그걸 만져볼 엄두는 내지 못했다.

"이러다 조류독감 걸리는 거 아냐?" 내가 말했다. "그때 가선 오빠가 미안해질걸."

엄마는 패디가 새를 잡아먹을까 봐 오빠더러 비둘기 상자를 방으로 가져가게 했다. 존 오빠는 분명 밤새도록 잠을 자지 않고 고양이 발톱 소리에 귀를 기울일 터였다. 나는 밤늦게까지 기를 쓰고 역사 공부를 했다. 다음 날 아침 오빠는 비둘기 상자를 들고 내려와 자전거 창고로 갔다. 나는 오빠를 따라갔다.

"오빠는 이걸 영원히 기를 거야?"

"살아나기만 한다면, 물론."

"지금 몸이 아주 약해진 거지?"

　나는 상자 안을 들여다보려고 몸을 구부렸다. 비둘기는 다리를 절룩거리며 돌아다녔다.

　"보고 싶으면 꺼내도 돼. 녀석을 잡아."

　"아니 별로야. 난 이거 싫어." 녀석이 머리를 치켜세우고 나를 쳐다봤다. 나는 녀석의 목구멍이 떨리는 것을 볼 수 있었는데, 마치 맥박이 뛰는 것 같았다.

　"그럴 줄 알았다. 어떻게 새를 싫어할 수가 있지?"

　"난 새를 싫어하는 게 아니야. 저런 걸 데리고 있는 게 싫은 거지. 생각만 해도 몸이 간지럽단 말이야."

　"그건 네가 저걸 무서워해서 그러는 거야. 대체 무서워할 이유가 어딨어? 그건 진짜 시간 낭비야. 좀 뒤로 앉아봐."

　나는 발뒤꿈치를 조금 움직여 뒤로 물러나 앉았다. 그러자 오빠가 비둘기를 꺼내 양손으로 지그시 날개를 눌렀다. 오빠는 그걸 내게 건네줬다. 나는 어쩔 수 없이 녀석을 받아 들어야 했다. 그러지 않았다가는 녀석이 다시 내 얼굴에 날갯짓을 해댈지도 모르기 때문이다. 나는 또 그런 일을 당할까 봐 겁이 났다. 그래서 난 녀석을 손으로 잡았다. 따뜻했다. 나 때문에 녀석의 심장이 마구 뛰는 게 느껴졌다. 한없이 가볍고, 조바심을 치는, 겁에 질린 존재였다. 나는 녀석의 두려움을 얼러주려고 혀를 쯧쯧 찼다. 비둘기와 내가 안정을 찾자 존 오빠가 다시 녀석을 데려갔다.

　"거봐. 이제부터는 비둘기를 겁내지 않아도 돼."

우리 가족은 거의 동시에 집에서 나갔다. 나는 역사 시험을 치르느라 진땀을 흘렸다. 이번에도 역시 낙제가 틀림없었다. 쉬는 시간에 오빠 친구인 해기스가 내게 오빠의 행방을 물었다. 나는 오빠가 아픈 비둘기를 돌봐 주러 집에 갔을 거라고 추측했다. 내 생각은 맞아떨어졌다. 아빠는 학교 점심시간인데도 불구하고 아들이 집에 있는 걸 발견했다. 존 오빠는 햇빛 속에 두 다리를 쭉 뻗은 채 헛간에 앉아 있었고, 비둘기는 자기가 앵무새라도 된 양 오빠 어깨에 걸터앉아 있었다. 오빠는 아빠가 오는 것을 보자마자 숨으려고 벌떡 일어섰다. 하지만 아빠는 다른 걱정이 있었다. 덕분에 아빠는 비둘기가 있는 것도 눈치 채지 못했다.

"엄마 어디 계시냐?"

"오늘 수업 있는 날이잖아요. 아닌가요?" 존 오빠가 놀란 듯이 물었다.

"아, 맞다. 깜빡했구나." 아빠는 부엌으로 가서 머그잔 두 개에 차를 담아 왔다.

"우리 공장에선 지금 데모가 한창이란다." 아빠는 쓰레기통을 밀쳐내느라 중심을 잡으며 존 오빠에게 머그잔을 하나 건넸다. "나도 회의하고 나오는 길이야."

"왜 그러는 건데요, 아빠?"

아빠는 차를 꿀꺽꿀꺽 마시고 나서 물 위에 떠 있는 민들레차 찌꺼기를 훅 불어버렸다. "경영진이 한꺼번에 300명이나 해고하려

들지 않겠니. 나도 그 가운데 한 사람이고. 이게 바로 데모하는 이유야."

"잘리는 거예요?"

"그래. 그렇게 말해도 돼. 회사 사람들은 일시적 해고라고 표현하지만 말이다." 아빠가 찻잔 속에 떠 있는 민들레 꽃잎을 잡아당기자 속이 빈 줄기가 툭 떨어져 나갔다. 아빠는 노란 꽃잎들을 하나하나 떼어 손가락에 물이 들도록 짓이겨댔다. "도처에서 파업이 일어나고 있어, 존. 제철공장마다 난리 법석이야. 회사 문을 닫아걸고, 사람들을 내몰고 있지. 일이 어떻게 되어갈지 아무도 몰라. 벽에는 직원들에게 알리는 대자보도 붙었어. 아까 회의 때 경영진이 주장한 것들을 써놓은 거지. 셰필드의 철강업은 이제 한물갔다는 거야. 하지만 누가 감히 그런 생각을 했겠어? 정말 창피한 일이야. 이건 죄악이라고."

존이 아빠를 물끄러미 바라보았다. 아빠는 직장을 잃은 것보다 철강산업의 미래 때문에 더 화가 난 것처럼 보였다. 존은 무슨 말을 어떻게 해야 할지 몰랐다. 브래들리 일가는 이제껏 철강업에 종사해왔다. 다른 직업을 갖는다는 건 생각조차 해본 적이 없었다.

"데모하면 효과가 좀 있을 거 같아요?"

"아니." 아빠는 촉촉한 민들레 꽃잎을 손가락 사이에 놓고 비벼 작은 공처럼 둥글게 만들었다. 그러곤 탁 튕겨버렸다. "하지만 그게 우리가 뭔가를 보여줄 수 있는 유일한 방법이란다. 얼마나 큰 문제인가를 말이야."

"할아버지가 이 얘길 들으면 무척 실망하시겠어요."

"할아버지도 회의에 참석하셨어. 맞아, 굉장히 화가 나셨지. 화가 난 사람들이 아주 많아. 아마 갈수록 점점 더 많아질걸. 그냥 멍청히 앉아서 회사 규모를 축소하고 일을 끝장내는 걸 바라보고 있을 수만은 없어. 절대 그런 일이 벌어져서는 안 된다구."

"아빠는 절대 직장을 잃지 않을 거예요."

"네 비둘기나 한번 보자." 이윽고 아빠가 말머리를 돌렸다. 그는 존 오빠의 어깨에 앉은 비둘기를 들어 올렸다. 오빠는 비둘기에게 주려고 옥수수 낱알 한 자루를 집에 가져온 터였다. 아빠가 그걸 한 컵 가득 담아 무릎 위에 올려놓았다.

"넌 이 녀석이 옥수수 알갱이를 먹어주길 바라는 거지." 아빠가 말했다. "비둘기한테는 이빨이 없단다."

"몰랐어요."

"그냥 생각나서 말해주는 것뿐이야. 이 비둘기가 건강해지길 바라는 거지?" 아빠는 새의 양쪽 날개를 펼치고 구석구석 살펴보았다. "날개깃이 몇 개 빠졌구나. 생각보다 좀 많이 빠졌어. 어떤 바보 같은 놈이 한쪽 날개깃만 뽑아버린 거 같아. 그래서 이 녀석이 날지 못하는 거야."

"깃털이 다시 자라날까요?"

"그럴 거야. 하지만 제대로 자라날 때까지는 네가 이 골칫거리를 돌봐 줘야 되겠어. 날지도 못하는 새가 뭐가 좋다고 그러니?”

“돌봐 주는 건 문제없어요. 난 이 비둘기가 좋아요.”

“그럼 됐다. 길러보렴. 귀찮지 않겠어?”

“물론 아니죠.”

아빠가 비둘기의 날개를 부드럽게 쓸어내려 주었다. 녀석은 아주 얌전했다. “나도 새를 키워보려고 했던 적이 있어. 잉꼬 말고. 그런 종류의 새는 아니었어. 아빠가 어렸을 때야. 열 살 무렵이었던 거 같은데, 내가 타고 가던 전차 속에 참새 한 마리가 날아 들어 왔단다. 녀석은 밖으로 나가려고 애를 쓰다가, 결국, 철썩 유리창에 부딪히더니 간신히 나가 버렸지. 난 녀석이 탈출하는 데 성공한 거라고 생각했어! 어쨌든, 난 다음 정거장에서 급히 내려 참새가 나간 곳까지 달려갔지. 녀석은 차도와 인도 사이 오목 팬 곳에 떨어져 있었어. 그래서 내가 그걸 집어서 주머니에 넣었지.”

“아빠가 그 참새를 키웠어요?”

“그러려고 했어. 그걸 조그만 애완동물로 삼아볼 생각이었지. 나는 집에 돌아와서 호주머니에 있던 참새를 꺼냈어. 그랬더니 축복받은 이 녀석이 언제 골골했냐는 듯 멀쩡하게 되어 날아가 버리는 거야. 그 뒤론 두 번 다시 못 봤지.”

“아빠도 그런 적이 있었으면서 어제는 왜 내가 그린들 데리고 왔을 때 화를 많이 냈어요?”

“그린들이라고?” 아빠가 웃음 지었다. “난 네가 제스를 놀리려고 그러는 줄 알았어. 하지만 네가 옳아. 아픈 새를 내쫓으라고 한 건 공평하지 않았어.”

그러나 사실은 그렇지 않았다. 아빠도 그걸 알고 있었고, 존 오빠 역시 잘 알고 있었다. 만일 내가 집에 비둘기를 가져왔다면 가족은 아무 말 하지 않았을 터였다. 엄마도 허락했을 것이다.

아빠가 비둘기를 잔디 위에 내려놓고 무릎에 있는 옥수수 알갱이를 털었다. 콩새 몇 마리가 좀 나눠 먹을 생각으로 내려앉았다가는 아빠가 일어서자 바로 날아가 버렸다. 아빠는 다시 부엌으로 들어갔다.

“저 녀석 모습 보는 게 안쓰럽구나.” 그가 말했다. “날지 못하는 새라니. 지금 내 처지랑 좀 닮은 거 같아, 그렇지 않니? 일자리 없는 기술자랑 다를 게 뭐냐.”

아빠가 머그잔을 닦으러 들어갔다. 존 오빠는 창고 계단에 앉아 있었다. 학교로 다시 돌아가야 한다는 걸 오빠도 잘 알았다. 게으른 고양이 패디는 그린들에게 두 눈을 고정한 채 드러누워 있었다. 비둘기가 계단 위를 폴짝폴짝 뛰어 부엌으로 들어갔다. 패디는 비둘기가 자기 곁을 지나갈 때 발톱으로 슬쩍 건드려볼 뿐 다른 짓은 하지 않았다.

“고양이조차도 저 비둘기를 괴롭히면 안 된다는 걸 아는 모양이다.” 아빠가 소리쳤다. 그는 유리창 너머로 존을 주시했다. 비쩍 마르고, 조용하고, 시무룩한 아이였다. 사랑스러운 구석도 별로 없었다. 예전의 첫째 아이와는 사뭇 달랐다. 그는 실제로 둘째 아들에 대해서 잘 알지 못했다.

"얘야, 학교 가야 되는 거 아니냐?"

"맞아요, 아빠. 이제 갈 거예요."

"기다려봐, 존. 아까부터 생각한 건데 말이야." 행주에 손을 문지르며 아빠가 부엌에서 나왔다. "가기 전에 말해야겠다. 나한테 해고 수당이 약간 생길 거 같거든. 아빠가 그걸 쓰는 데 네가 좀 도와주면 어떨까?"

존이 조심스럽게 물었다. "무슨 뜻이에요, 아빠?"

"우리 둘이 비둘기를 몇 마리 사다가 훈련시켜보지 않을래?"

"아빠랑 내가요?"

"그래. 우리 둘이서만."

"엄마." 그날 밤 차 마시는 시간에 나는 엄마에게 털어놓았다. "역사 시험 또 낙제한 거 같아요."

"그랬어, 우리 귀염둥이? 괜찮아. 역사 과목은 네 적성이 아닌가 보구나."

"하지만 통과하고 싶다고요!"

"왜?"

"엄만 아니에요? 엄만 내가 역사 잘하는 거 싫어요?"

"그런 건 아니야, 제스."

나는 무슨 뜻인지 알 수 없었다.

"생각해봐, 우리 아가씨." 엄마가 말했다. "내가 뭔가에 능통하니까 너도 그래야 한다는 법은 없는 거야. 엄만 우리 딸이 내가 전혀 문외한인 분야에 소질이 있었으면 좋겠어. 엄마가 진짜 못하는 것들에 말이야. 예술 같은 거. 아님 프랑스어라든지. 역사 말고 다른 과목 말이다."

거부당한 기분이 들었다. 사실 어떤 면으로는 그랬다. 내가 그걸 이해하는 데는 시간이 한참 걸렸다. 언제던가, 엄마가 내게 자기랑 시내에 가는 대신 케이티와 가면 어떻겠느냐고 말을 꺼냈을 때, 나는 마음의 상처를 입었다. 엄마는 자신만의 시간이 필요하다고 말했다. 또 나한테는 친구들과 보내는 시간이 필요하다고 했다. 이러는 동안 나는 존 오빠랑 아빠가 점점 더 친해지는 것을 지켜보았다. 예전 같았으면 상상도 못할 일이었다. 우리 관계는 일종의 춤추기 같았다. 아빠는 존을 자신에게 끌어당기는 중이었고, 엄마는 천천히 내게서 멀어지고 있었다. 그건 나와 오빠를 위한 부모님의 사려 깊은 행동이었지만, 정작 우리는 그것을 이해하지 못했다. 나는 심통이 잔뜩 나서 존이랑 아빠가 비둘기집 짓는 모습을 관찰했다. 그 두 사람은 톱밥 냄새와 찬 공기 냄새를 풍기며 밥을 먹으러 왔고, 바깥마당에서 있던 일을 함께 얘기하며 웃어댔다.

어느 날 저녁 나는 마당으로 나갔다. 두 사람은 비둘기집을 완성해놓고 집 안에서 쉬며 텔레비전을 보던 참이었다. 아빠의 연장들이 비둘기집 한구석에 놓여 있었다. 나중에 깨끗이 손질해야 할 것들이었다. 그것들을 뒤적거리다 나는 그만 못이 잔뜩 들어 있는 주머니를 엎어버리고 말았다. 못들이 바닥 위를 굴렀다. 땡그랑 소리를 내며 서로 부딪치기도 했다. 나는 못 한 개와 망치를 집어 들고, 마당으로 나왔다. 무엇을 해야 좋을지 알 수가 없었다. 아름다운 밤이었다. 하늘엔 반짝반짝 윤이 나는 타원형 별꽃이 만발했다. 엄마와 내가 마지막으로 산책 나갔던 날 스터너지 꼭대기에서 본 바로 그 모습이었다. 그런 하늘을 보면 자기 자신이 한없이 작게 느껴지는 법이다. 지구 위의 한 점 티끌처럼 말이다. 나는 비둘기집 기둥 하나에 못을 박았다. 마치 손가락으로 도자기를 두드리는 것처럼 쟁그랑 쟁그랑 소리가 났다. 정원 벽 주위로 희미하게 메아리가 일었다. 그러고 나서 나는 못을 세게 두들겨 박았다. 이번엔 소리가 크게 울렸다.

내가 가버린 뒤에도, 그 못은 저기 그대로 남아 있을 거라는 생각이 들었다. 내가 땅에 묻힌 뒤에도.

아빠가 부엌 유리창 밖으로 고개를 내밀며 물었다.

"제스, 거기서 뭐 하니?"

나는 우쭐대고 싶어졌다.

"아빠를 위해 비둘기집 만드는 거 마무리 지었어요."

아빠와 존 오빠가 처음으로 비둘기를 가지러 가던 날, 엄마가 나한테 다시 산책을 나가자고 했다. 우리는 행글라이더들이 버비지 산등성이를 날아올랐다가 그림자를 드리우며 내려앉는 모습을 지켜보았다. 그것은 마치 거대하고 조용한, 알록달록 색을 칠한 인공의 새들 같았다. 더비셔에서는 바야흐로 양들의 분만기가 막바지에 이른 참이었다. 지난번에 우리가 이곳에 왔을 적엔 "양들의 분만기가 끝나기 전에 계곡 위에서 비행하는 것을 일절 금지합니다."라는 경고문이 붙어 있었다. 무시무시하게 커다란 검은 새 그림자가 공중을 맴돌면 때로 양들이 겁을 집어먹고 달아나는 탓이었다.

"나도 저렇게 한번 날아봤으면 좋겠어." 엄마가 말했다. "하늘에 있으면 분명 마음이 평화로울 거야. 그냥 둥둥 떠다니면 말이야."

하지만 나는 생각만 해도 끔찍했다.

비둘기들은 우리보다 먼저 집에 와 있었다. 그들은 사랑스러웠다. 연필심 같은 회색 깃털을 가진 녀석, 핑크색이 감도는 하얀 깃털을 가진 녀석, 옅은 누런색을 띤 녀석, 그리고 푸른색과 초록색이 섞인 깃털을 가진 녀석도 있었다. 비둘기들은 잠시도 가만히 있지 않았다. 안절부절못하고 머리를 움직여댔고, 이 발 저 발로 깡충거리며 돌아다녔다. 게다가 뭔가 급한 것 같으면서도 편안하게 들리는 소리로 울어댔다. 녀석들은 한 번도 바깥에 나온 적이 없는 모양이었다. 저 비둘기들은 우리가 사는 데가 바로 자기들 집이라는 점을 배워야만 했다.

학기가 끝날 무렵 존 오빠는 모임에서 비둘기에 대한 이야기를 하려고 녀석들 가운데 한 마리를 학교로 데려갔다. 그때는 마침 우리 학교의 애완동물 주간이었다. 오빠는 발표를 마치고 나서 내가 생각지도 않던 행동을 했다. 열린 창문들 중 하나로 가 비둘기를 창밖으로 내밀더니 녀석을 집으로 날려 보낸 것이다. 그러고 나서 오빠는 곧장 비둘기를 따라 집으로 달려갔다. 그는 물론 비둘기가 집 안으로 돌아오는 걸 확인하려고 아빠가 집을 지키고 있다는 걸 알고 있었다. 실은 그 순간 나 역시, 이 세상 그 무엇보다도, 아빠랑 오빠와 함께 집에 있고 싶었다.

오빠와 아빠는 자나 깨나 비둘기 생각뿐이었다. 그들은 항상 어딘가에 가서 비둘기를 공중으로 날려 보내곤 했다. 집을 찾아가도록 훈련시키기 위해서였다. 그리고 우리 역시, 엄마랑 나도, 그곳에 함께 있으면서 비둘기들이 날개 치며 내려오는 걸 지켜보았다.

그린들 또한 다른 비둘기들을 열심히 관찰했다. 녀석은 이제 자기 힘으로 날 수 있었다. 공원에도 날아갔고, 근처에 있는 키 큰 나무까지 날아올랐다. 그린들이 잘 날게 된 건 좋은 일이었다. 그러나 이유가 뭔지 정확히 알 수는 없었지만 그린들은 별로 날고 싶어 하지 않았다. 우리가 먹이를 주며 키운 탓에 우리 집을 자기 집으로 여기는 건지도 몰랐다. 그러나 나는, 그린들이 오빠와 아빠가 자기 때문에 다른 비둘기들을 구해 왔다는 사실을 잘 알고 있으며, 그들에 대해 책임감을 갖고 있기 때문에 그러는 거라고 생각한다. 그린들은 우리가 한 것처럼 비둘기들을 길들였다. 녀석은 다른 녀석들이 언제쯤 집으로 돌아올지 알고 있었다. 그래서 때가 되면 하늘을 날아올라 빙글빙글 돌다가 맨 앞에 서서 날개를 치며 내려앉곤 했다. 비둘기들이 모두 내려오면, 그린들은 그들 주위를 설치고 돌아다니며 구구거렸다. 마치 안전하게 집으로 돌아온 제 가족을 불안하고도 설레는 심정으로 맞이하는 여느 부모처럼.

열일곱 청년 데이비

앨버트 할아버지와 도로시 할머니는 다널 거리 근처에 산다. 그 곳은 작은 테라스가 있는 몇 채의 집이 양쪽으로 들어선 곳이다. 나는 할머니 할아버지가 거기 사는 게 좋다. 그래서 종종 자전거를 타고 조부모님을 만나러 가곤 한다. 할머니네 정원은 아주 작다. 기껏해야 우리 집 부엌 정도밖에 안 되는 크기다. 하지만 진짜 햇빛이 잘 드는 양지바른 곳이다. 시간 여유가 있고 날씨도 화창하면, 할머니 할아버지는 정원 의자에 앉아 가족 이야기를 나누곤 한다. 그들에겐 모든 일이 관심거리다. 이를테면 혼자 사는 우리 외할아버지가 어떻게 살림을 하는지, 존 오빠가 열여덟 번째 생일에 무얼 선물로 받았는지, 내 친구들은 요즘 어떻게 지내는지 등등 말이다. 이따금 나는, 할머니 할아버지가 그렇게 많은 시간을 남 얘기와 남 걱정으로 보낸다는 게 정말 수수께끼 같은 일이라고 생각한다. 하지만 내 짐작으론, 그들 삶에는 계속해서 되씹을 만큼 굉장한 사건이 별로 없었기 때문인 것 같다. 우리 할머니는 요새 누가 동행하지 않는 한 가급적 외출하길 꺼린다. 호흡 곤란 증세가 있기 때문이다. 할머니는 집 주변 정리만 조금 해도 금세 숨이 가빠진다. 그래서 할머니는 정원에 앉아 할아버지가 가꾸는 색색의 스위트피*를 감상하면서, 또 담장에 앉은 참새와 찌르레기를 바라보면서 시간 보내는 걸더 좋아한다. 장 보는 일은 모두 할아버지 몫이다.

할아버지가 제일 좋아하는 건 운하 길을 따라 시내로 산책을 나가는 일이다. 나도 할아버지랑 산책하는 게 좋다. 셰필드에는 운하의 끄트머리가 있는데 거기 물은 민들레 같은 노란색이다. 금속의 녹과 화학약품 때문인 것 같다. 갈대에도 전부 노란색 딱지가 앉아 있다. 그래서 그것들이 기슭으로 밀려와 있는 데는 녹슨 철사가 잔뜩 쌓인 해변처럼 보인다. 할아버지는, 내가 만일 운하 속에 빠지면 아연으로 도금이 되어 나올 거라고 말한다. 난 그 말을 믿는다. 거긴 또 냄새도 좀 야릇하다. 암모니아 냄새 같기도 하고 돼지 농장에서 나는 냄새 같기도 하다. 운하를 따라 늘어선 거의 모든 공장들은

---

* 콩과의 한해살이풀. 덩굴손으로 다른 것을 감고 오르는데 관상용으로 재배한다.

문을 닫았는데, 할아버지는 그걸 '산업화의 기념물'이라고 표현한다. 비둘기들이 날개를 치며 들어갔다 나갔다 하는 조그맣고 높다란 창문이 난 주름 잡힌 거대한 쇠붙이 조개라나. 그럼에도 이곳은 썩 괜찮은 장소다. 운하 바로 끝머리에는 작고 컴컴한 창문을 열두 개나 가진 커다랗고 하얀 물방앗간이 하나 있다. 하늘이 구름 한 점 없이 맑아 물 표면에 그 모습이 비칠 때면 이곳은 마치 그림에서 본 베네찌아 같다. 이따금 다리 아래로 햇살이 기울면 물은 호박색으로 빛난다. 또 틴슬리 가는 길로 들어서면, 눈앞에 시골 풍경이 펼쳐지는 것을 보게 된다. 물 위를 노니는 오리며 거위 들, 무성하게 자란 골풀이랑 토끼풀 꽃, 크랭크*와 수문처럼 더 이상 쓸모없어진 기계 주위로 나비들이 끝없이 춤을 추는 모습, 여기저기 보이는 폐쇄된 물방앗간들, 그리고 벽돌 갈라진 틈새로 햇살처럼 밝은 색의 괭이밥이 고개를 내민 모습 등을 말이다. 물론 그 배경엔 언제나 왁자지껄한 도시의 소음이 있다.

산책길에서 나누는 할아버지와 내 대화는 언제나 비슷비슷했다. 할아버지는 늘 그곳에서 보낸 젊은 시절을 회상하는 것으로 이야기의 물꼬를 텄다. 물방앗간이 전부 돌아가고, 기계 움직이는 소리가 고동을 치고, 부두를 따라서 끊임없이 쟁그랑 철거덕 소리가 울려 퍼지고, 짐을 나르는 배들이 물 위를 바삐 움직이던 때를 말이

---

* 왕복운동을 회전운동으로 바꾸거나 그 반대의 일을 하는 기계장치.

다. 옛날이야기가 끝나면 할아버지는 내게 심드렁하게 묻곤 했다.

"제스, 누구 사귀는 사람 없니?"

"없어요, 할아버지. 아직 없어요."

"지금이 한창 좋을 때인데, 뭘 하는 거냐? 몇 살이지? 열다섯인가?"

"좀 있으면 열일곱이에요, 할아버지."

"열일곱이라, 에, 그런데 아직 사랑에 빠지지 않았다고."

"사랑이 뭔지 난 아직 모르겠어요, 진짜예요."

"알게 될 거야. 제스, 내가 한 가지만 말해줄게. 사랑은 말이야, 키스하고 껴안고 하는 게 전부가 아니란다. 하지만 열일곱 살 먹은 젊디젊은 애가 그걸 이해할 리가 없지."

그랬다. 나는 할아버지 말을 이해하지 못했다. 그때까지만 해도 말이다.

이따금 우리는 산책길에서 할아버지의 옛 친구를 만나곤 했다. 몸가짐이 좀 어색하고, 꾸물거렸으며, 표정도 어두운, 우리 할아버지랑 비슷한 구석이라곤 찾아볼 수 없는 사람이었다. 그의 이름은 데이비였다. 나는 그와 마주칠 때마다 그가 빨리 가버렸으면 하고 바랐다. 얘기를 지루하게 하는 사람인 데다, 희고 음침한 그의 얼굴도 싫었기 때문이다. 나는 언제나 그에게 알기 쉽게 풀어서 말해야 한다고 느꼈다. 할아버지는 내게 그가 정상이며 나쁜 사람이 아니라는 것을 보장해주었지만, 어쩐지 모자라는 데가 있는 것 같았다.

나는 진실을 볼 수 없었다. 그는 내 산책길을 방해하는 사람일 뿐이었다. 우리는 때때로 발길을 멈추고 운하 옆길에 있는 단골 벤치에 앉아 쉬면서 할아버지가 집으로 돌아갈 때 먹으려고 싸 온 도넛을 먹곤 했다. 그러면 데이비 할아버지는 인도에서 나를 쳐다보며 맞은편 방앗간의 작고 빨간 문을 향해 지팡이를 흔들어댔다. 그는 일찍이 운하 끝에 있는 그 방앗간에서 일한 적이 있다고 했다. "보이니, 보이니?" 그는 이렇게 물으면서 지팡이가 꼭대기에 있는 작고 시꺼먼 창문을 가리킬 때까지 계속해서 위로 흔들었다. "저기가 바로 내가 서 있던 데야." 그가 말했다. "바로 저 위에서 실눈을 뜨고 햇빛을 보고 있는데, 감독이 와서 시간을 낭비한다며 임금을 깎았어."

나는 그가 거기 있는 모습을 상상해보았다. 창백한 얼굴로 텅 빈 공간에 햇빛이 반사되는 걸 응시하는 그의 모습을 말이다. 그의 시간은 열일곱 살에서 멎어버린 것 같았다.

"보나마나 젊고 예쁜 아가씨들 생각하느라 그랬겠지, 자네." 할아버지가 도넛을 권하며 말했다. 데이비 할아버지는 부끄러운 듯 몸을 돌리며 할아버지를 보고 싱긋 웃었다. 그러곤 나를 쳐다봤지만, 나는 못 본 척했다.

"아가씨들이라고? 젊은 여자들이 나를 거들떠나 봤겠어? 난 평생 여자를 사귄 적이 없다네, 앨버트."

"그래. 하지만 계속해서 자네는 꿈을 꾸고 있지 않나."

두 사람은 한숨을 내쉬고 도넛 조각을 베어 물고는 물끄러미 작은 유리창을 바라보았다.

나는 데이비 할아버지를 좋아하지 않았지만, 그가 기르는 개는 마음에 들었다. 어슬렁거리며 지나가는 것을 보면 약간 멍청한 종자 같기도 하다. 우리가 앉아 간식을 먹을 때마다 녀석은 눈에 보이는 건 뭐든 먹어치운다. 풀, 종이봉투, 플라스틱 컵 등등 안 먹는 게 없다. 한 번은 녀석이 내 껌을 먹어치운 적도 있다. 도넛을 다 먹고 씹을 생각으로 내 딴에는 안전하게 한답시고 무릎 위에 올려놓은 걸 말이다. 녀석을 보는 건 언제나 반가웠지만, 달빛처럼 음울한 얼굴을 한 데이비 할아버지는 생각만 해도 소름이 돋았다.

어느 날 할아버지와 내가 셰필드로 가는 운하 길을 따라 반 마일 정도 걸어가고 있을 때였다. 갑자기 할아버지가 말했다. "맙소사. 할머니가 빌린 책을 도서관에 반납해야 되는데, 그걸 잊다니. 제스야, 네가 얼른 뛰어갔다 올래? 아무렴 네 다리가 내 거보다 튼튼하지 않겠니?"

생각해보면, 나는 요즘 들어 잘 뛰어다니지 않는다. 그냥 걸을 뿐이다. 할아버지는 벤치에 앉아 나를 기다리겠다고 했고, 나는 얼른 책을 가지러 출발했다. 길 위 굴곡진 곳을 막 넘어서는데 귀에 익숙한 개 소리가 들렸다. 그리고 내 쪽으로 걸어오는 늙은 데이비 할아버지의 모습이 눈에 들어왔다. 멍청한 개는 할아버지 주위에서 껑충거리며 쓸데없이 나비만 쫓고 있었다. 녹물 속으로 뛰어드는 것

밖에는 그를 피할 방법이 없었다. 데이비 할아버지도 나를 알아보고 씩 웃었다. 내가 할아버지 근처에 이르자 그는 출입문이라도 되는 듯 팔다리를 쫙 벌리고 서서 길을 막았다.

"넌 이제 갇혔다!" 데이비 할아버지가 킬킬 웃었다.

"우리 할아버지 벤치에 있어요." 내가 말했다.

"난 네 할아버지를 쫓는 게 아니란다. 작고 푸른 눈동자를 따라다니는 거지!" 그가 약 올리듯 말했다.

나는 잠자코 서 있었다. 되돌아가고 싶은 마음도 있었지만, 그렇게 하는 건 왠지 어리석은 일 같았다.

"이리 오렴, 부끄러워하지 말고. 나하고 우리 멍멍이한테 크리스마스 키스나 해주렴."

"지금은 크리스마스가 아니거든요, 5월이라고요. 얼른 지나가게 해줘요." 나는 그가 할아버지의 친구 데이비라는 것을 잘 알고 있었다. 하지만 그 친숙한 이름조차 지금은 낯설게 느껴졌다.

그는 자기가 무슨 기사라도 되는 양 몸짓을 하며 내게 입맞춤을 보냈다. 나는 갑자기 화가 치밀었다. 나는 그가 미웠다. 서릿발처럼 하얀 수염이 듬성듬성 난 늙고 못생긴 얼굴도 보기 싫었다. 그의 누런 이빨 사이에선 침이 질질 새어 나왔다. 볼썽사나운 얼굴을 앞으로 숙이며 그가 얼른 두 눈을 감았다 떴다. 눈매가 축축하고 흐리멍덩했다. 그러더니 이번엔 양손으로 지팡이를 꽉 붙잡고 다리 사이에 꼈다. 나는 할아버지한테 가려고 돌아섰다. 하지만 데이비 할아버지의 개가, 배신자처럼, 펄쩍 뛰어올라 내 양쪽 어깨에 앞발을 얹고는, 씩씩거리며 내 귀에 더운 김을 불어댔다. 나를 겁주려는 모양이었다. 정말 처음 겪는 일이었다.

"이 짐승아!" 나는 꽥 소리를 질렀다. "냄새나고 더러운 짐승!"

나는 길을 막고 선 데이비 할아버지를 밀어제쳤다. 그러자 그가 풀이 돋아난 길 가장자리로 넘어져 팔다리를 쭉 뻗었다. 나는 그를 반대편 운하 속으로 밀쳐 넣었으면 좋겠다고 생각했다.

"화내지 마, 화내지 마." 그가 웃었다. "친구야, 재밌지 않니?"

"꺼져버려요!" 내가 소리 질렀다. "여자들이 할아버지를 싫어했다는 거, 하나도 이상할 게 없네요."

나는 헐떡거리며 쫓아와 다리를 핥아대던 그 정신 나간 개를 뒤로한 채 할머니 집을 향해 달리기 시작했고, 데이비 할아버지는 내가 다음번 굴곡진 곳을 넘어설 때까지 이상하고 음침하고 절망적인 소리로 웃어댔다. 나는 운하에 있던 거위들이 응답하는 소리를 들었다. 조롱이라도 하듯 거위 울음소리는 갈수록 높아졌다. 그 순간의 공포는 내 머릿속에 영원히 남아 있을 터였다.

할머니는 정원 의자에 앉아 잠들어 있었다. 나는 할머니의 책을 찾아 들고서 발길을 재촉했다. 하지만 멀리 돌아가는 쪽을 택했다. 덕분에 나는 계단을 한참 내려가야 했다. 나는 여전히 겁을 집어먹은 채 할아버지와 헤어진 장소로 돌아갔다. 할아버지는 벤치에 그대로 앉아, 꾸벅꾸벅 졸고 있었다. 데이비 할아버지나 개의 흔적이라곤 찾아볼 수 없었다.

나는 할아버지한테 무슨 일이 있었는지 말할 엄두가 나지 않았다. 분명 바보같이 들릴 터였다. 어쩌면 할아버지는 한바탕 깔깔 웃으면서, 데이비는 나쁜 사람이 아니라고 말할지도 몰랐다. 나는 아무 말도 하지 않기로 했다.

집으로 돌아오는 길에 우리는 단골 벤치에 앉았다. 할아버지가 도넛이 든 봉투를 열었다. 화창하고 아름다운 오후였다. 벌들은 윙윙거리며 운하 기슭에 핀 꽃을 찾아갔다. 우리는 도넛을 나누어 먹었다. 그러고 나서 난 언제나 그랬듯이, 할아버지가 손가락을 쪽쪽 빨면서 할머니에게 갖다 주려고 빌린 새 책을 몇 쪽 읽을 때까지 기다렸다.

운하에는 이따금 카누를 타는 사람도 있다. 그래서 나는 무엇보다 철썩거리며 노 젓는 소리를 듣고 백일몽에서 깨어났으면 좋겠다고 생각했다. 하지만 그때 내 눈에 들어온 것은 데이비 할아버지 개가 노란색 머리를 흔들며 헤엄치는 모습이었다. 녀석은 앞발을 저어 우리 쪽으로 오더니 물속에서 몸을 빼냈다. "할아버지, 조심해요!" 우리가 벤치에서 벌떡 일어서는 순간 녀석이 물을 털어내려 몸을 흔들었다.

"그런데 데이비는 어디 있지?" 할아버지가 녀석에게 물었다. 어느 곳에도 그의 흔적은 보이지 않았다. 개는 물에 젖은 몸을 우리 다리에 문지르더니 우울하고 슬픈 소리로 울었다.

"이상한 일인데." 할아버지가 말했다. "이 녀석이 데이비 없이 돌아다니는 건 여태 본 적이 없거든. 이 사람, 대체 무슨 일이 있는 거야, 응? 제스야, 조금만 더 앉아 있자. 좀 기다려보자."

나는 할아버지 곁에 앉았다. 배가 끔찍하게 아팠다. 나는 두 번 다시 데이비 할아버지를 보고 싶지 않았다. 또 무슨 일 때문에 그의 개가 노란색 운하 속을 헤엄쳐 와서 우리 발에 몸을 기대고 울었는지 따위도 알고 싶지 않았다.

우리는 앉아 있었다. 할아버지는 또 책을 읽었다. 나는 눈을 내리깔고서, 세 시 기차가 지나가는 소리에 귀를 기울였다. 그 소리가 들리면 우리는 으레 발길을 돌려 집으로 향하곤 했다. 하지만 바로 그때, 5월의 따스한 햇볕에도 불구하고 나는 갑자기 몸이 섬뜩해졌다. 누군가 나를 지켜보고 있음을 느꼈기 때문이다. 나는 맞은편 기슭을 따라 늘어선 방앗간들의 벽이며 창고와 지붕 들을 쭉 훑어보고 나서, 운하 끝에 있는 작고 빨간 문을 쳐다보았다. 내 눈길은 곧 줄지어 난 작고 시꺼먼 창문들을 따라 한 층 한 층 올라가다가, 맨 꼭대기 층에 머물렀다. 유리창에 짓눌린 하얀 얼굴이 나를 내려다보고 있었다. 어쩌면 그는 아주 오래전에도 그렇게 했을 거라는 생각이 들었다. 데이비 할아버지는, 열일곱 살 그 시절에, 갇혀 있었다.

나는 팔꿈치로 할아버지를 툭툭 치면서 손가락질을 했다. 할아버지가 부드럽게 휘파람을 불었다.

"저 친구, 머리가 좀 이상해." 할아버지가 소곤거렸다. "가엾은 사람 같으니라고. 언젠가 저런 일이 생길 거라고 짐작은 했지."

"할아버지, 경찰 부를까요?"

"아니. 그러면 저 친구만 곤란해질 뿐이야. 우리가 설득해서 내려오게 하자꾸나. 집에 데려다 줘야지."

우리는 다리를 건너 부두 쪽으로 걸어갔다. 데이비 할아버지의 개가 우리 발 뒤에서 코를 킁킁거리며 따라왔다. 운하 길을 완전히 벗어나기 전 나는 다시 한 번 그쪽을 쳐다봤다. 데이비 할아버지의 하얀 얼굴이 아직도 높고 어두운 유리창 뒤에 갇혀 있었다. 그 순간 나는 빈 공간에 햇빛이 번쩍이는 걸 본 것도 같았다.

그런 방앗간은 정말이지 난생처음이었다. 할아버지는 마당을 가로지르고 담벼락을 넘어 빈 콜라 병이 잔뜩 담긴 거대한 바구니와 녹슨 쇠붙이 더미를 돌아 요리조리 길을 헤쳐 나갔다. 내 인내심은 거의 바닥이 난 상태였다. 우리는 화재가 일어났을 때 사용하는 비상구 앞에 이르렀다. 거기엔 '위험: 석면 지붕임'이라고 적힌 간판이 하나 있었다. 우리는 꼭대기 문이 열린 채 흔들거리는 걸 보았다. 데이비 할아버지의 개가 우리 뒤를 쫓았다. 할아버지가 뻣뻣한 다리를 철계단 위로 끌어올렸다. 나는 할아버지가 떨어지면 어쩌나 겁이 났다. 우리가 문을 밀어젖히자 화들짝 놀란 비둘기들이 날개를 치며 쏟아져 나왔다. 마룻바닥엔 군데군데 구멍이 나 있었다. 우리는 안쪽으로 올라가는 계단을 하나 발견했다. 그런 계단은 두 개나 더 있었다. 할아버지와 나는 높은 어둠 속으로 더듬더듬 기어 올라갔다. 간신히 맨 꼭대기에 이르렀다. 그곳은 깊은 어둠에 잠겨 있었지만, 우리는 데이비 할아버지를 금방 찾을 수 있었다. 그가 훌쩍거리는 소리가 들렸다.

"이리 오게, 친구." 앨버트 할아버지가 말했다.

할아버지와 나는 그가 무사히 건물 밖으로 빠져나가 양지바른 데 이르도록 도와주었다. 세 사람 다 아무 말도 하지 않았다. 데이비 할아버지랑 할아버지는 서로 팔짱을 끼고 천천히, 미로처럼 복잡한 마당과 창고를 지나고 다리를 건너 우리가 늘 다니던 운하 길로 접어들었다. 나는 할머니의 책을 들고 집으로 갔다. 그리고 할머니한테 오늘은 할아버지가 차 마시는 시간에 조금 늦을 거 같다고 전했다.

할아버지가 집에 도착했을 때에도 뒷마당엔 아직 햇빛이 조금 남아 있었다. 할머니가 텔레비전에서 나오는 가족용 퀴즈 프로그램을 보는 동안 할아버지는 마당에서 차와 간식을 들었다. 나는 집으로 가기 전에 할아버지한테 차를 가져다주었다. 우리는 잠시 같이 앉아 처마에서 찌르레기 울어대는 소리와 안쪽에서 흘러나오는 텔레비전의 빠르고 높은 웃음소리, 그리고 도로시 할머니가 목청껏 답 맞추는 소리에 귀를 기울였다.

"데이비가 두 번 다시 운하 길로 가고 싶지 않다는구나." 할아버지가 말했다. "중요한 건 그게 아니지. 뭐가 그 친구를 화나게 만들었을까?”

나는 층계참에 앉아 차를 홀짝거렸다. 운하 길에서 무슨 일이 있었는지 한마디도 꺼내고 싶지 않았다. 하지만 데이비 할아버지가 과연 아무 말도 하지 않았을까 궁금했다. 할아버지도 뭔가 알고 있는 눈치였다.

“데이비는 재미있는 사람이야.” 할아버지가 말했다. “언제나 그랬지. 넌 그냥 그 친구 대하는 방법만 알고 있으면 돼.”

나는 할아버지를 외면한 채, 청바지 해진 곳을 만지작거렸다.

“존이 열여덟 번째 생일파티 하던 날 기억나니? 우리 모두 거기 모였었지. 네 친구도 몇 명 왔고, 존의 친구들도 왔었지.”

나는 고개를 끄덕였다.

“그리고 네 외할아버지도 오셨잖니. 그날이 잭 할아버지의 첫 번째 외출이었어. 네 가엾은 외할머니가 돌아가신 뒤로 말이야.”

“사실 외할아버지가 오실 거라고는 아무도 짐작하지 못했죠.” 내가 말했다. “하지만 외할아버지는 그날 모처럼 재미있게 보내셨어요. 제 친구들하고 춤까지 추셨는걸요.”

“그래, 네 외할아버지는 나보다 훨씬 원기가 왕성하신 양반이야.” 할아버지가 웃으며 말했다. “내가 그 양반보다 열 살이나 젊은데다 몸은 두 배나 더 크지만 말이다. 네 외할머니와 함께했던 시간들이 그걸 가능하게 해준 거지. 하지만 그날 말이다, 잭 할아버지가 도착했을 때 혹시 뭔가 못 느꼈니?”

나는 양미간을 찌푸리며 기억을 더듬었다.

"난 느꼈다." 앨버트 할아버지가 말했다. "왠지 쩔쩔매는 거 같았어. 몸은 더 작아지고, 그새 더 나이를 먹고, 뭔가 허둥대는 거 같았지. 그래서 난, 저 양반이 아내를 잃더니 삶의 모든 재미를 다 잃었나 보다, 생각했지. 한테 왜 네 친구 중에, 머리는 굽슬굽슬하고 얼굴도 예쁜 애 있었잖니, 그 애 이름이 뭐였더라?"

"케이티요." 내가 깜짝 놀라며 대답했다.

"그래, 케이티. 그 앤 뭔가 좀 아는 눈치였어. 내가 유심히 봤거든. 그 앤 예전보다 작아진 네 외할아버지가 들어와 혼자 앉아 있는 걸 관심 있게 지켜보더라. 너 혹시, 케이티가 어떻게 행동했는지 봤니? 그 애는 네 외할아버지한테 다가갔어. 그러곤 팔을 둘러 잭을 껴안더구나. 정말 못 봤어?"

나는 고개를 가로저었다. "케이티는 원래 그런 애예요. 아주 사랑스러운 아이죠."

"맞아." 할아버지가 맞장구쳤다. "그렇게 남을 꾸밈없이 사랑할 줄 아는 사람도 있어. 타고난 거지. 그 애는 혼자 된 네 외할아버지를 위로하고 싶었을 거야. 자꾸만 나이를 먹어가고 외로워지는 할아버지를 말이다. 그리고 마음 가는 대로 행동한 거지."

할아버지는 일어서서 정원용 의자를 접었다. 빠른 속도로 해가 저물고 있었다. "네 친구 케이티는 데이비 같은 친구를 어떻게 대했을까, 응?"

나는 대답하지 않았다. 할아버지는 의자와 머그잔을 들고 부엌으로 들어갔고, 나는 헛간에서 내 자전거를 꺼내 빙글빙글 바퀴를 돌렸다. 그날 오후 운하 옆 기슭에서 내 대신 케이티가 데이비 할아버지를 만났더라면, 그 앤 과연 어떻게 행동했을까? 나처럼 반쯤 악을 쓰고, 고개를 흔들면서 달아났을까? 그러지는 않았을 터였다. 나는 그 사실을 알고 있었다. 아마 그 애는 데이비 할아버지를 보고 웃으면서, 우리 할아버지가 앉아 있는 벤치까지 기꺼이 그를 데려다 주었을 것이다. 어쩌면 데이비 할아버지와 팔짱을 끼고, 자기야, 하고 부르면서 걸어갔을지도 모른다.

나는 할머니네 유리창을 톡톡 쳐서 작별인사를 건넨 다음 자전거를 밀고 길거리로 나왔다. 그러고 나서 힘껏 페달을 밟아 신나게 내리막길을 달려갔다. 그건 내가 아주 좋아하는 방법이었다. 머리카락에 바람의 손길이 느껴졌다. 그제야 나는, 할아버지가 어떤 의미로 사랑이란 키스하고 껴안는 게 전부가 아니라고 말한 건지 이해할 수 있었다. 아마도 케이티는 그걸 진작부터 깨달았던 모양이다.

9

거인의 두려움

우리 집에서 나와 보울 언덕 위로 올라가 서 있으면 한 손으로는 벌판을 만질 수 있고 나머지 손으로는 도시의 심장부를 만질 수 있을 것만 같다. 양쪽 다 손에 닿을 듯 가깝게 느껴진다는 얘기다. 밤이 되면 우리 마을에서 시작된 빛의 행렬이 언덕을 넘어 도시 외곽인 스태닝턴까지 이어지는 걸 볼 수 있다. 하지만 그곳은 불빛 아래서도 어둡고 적막하다. 두건을 쓴 것 같은 나무들과 댐에서 나오는 희미한 빛이 레이디바우어와 더비셔 언덕으로 가는 길을 더듬더듬 보여줄 뿐인 리벨린 계곡의 비밀을 간직한 채 말이다.

내가 어릴 적에 우리 아빠는 종종 나를 데리고 리벨린 계곡에 가곤 했다. 거기서 아빠는 트롤* 이야기를 해주었는데, 그들이 다리 아래 살면서 난쟁이가 강을 건널 수 있도록 돌다리를 놓아주었다는 이야기를 들을 때마다 나는 좀 겁이 났다. 우리 엄마는 나를 예전에 물방앗간들이 있던 곳으로 데려가서 그 흔적들을 보여주곤 했다. 스왈로우 휠도 있고 플롱크 휠, 그리고 울프 휠 같은 게 있었다. 우리는 또 커다랗고 둥근 맷돌 조각이 강바닥에 흩어져 있는 것도 찾아냈다. 엄마는 거기서 내게 덩치 큰 거인 길버트 아저씨 이야기를 해주었다. 그는 거기 있던 방앗간 중 한 곳에서 일을 했다고 한다. 아저씨의 손바닥은 베이컨 색처럼 붉었고 손등엔 검은 털이 숭숭 나 있었으며, 엄마 말로는, 목소리가 황소같이 쩌렁쩌렁 했단다. 그러면 나는 어디선가 길버트 아저씨가 튀어나올 것만 같은 생각 때문에 트롤 얘기를 들을 때보다 더 겁이 나곤 했다.

"오늘도 그 아저씨가 여기 왔을까요?" 엄마가 나와 존 오빠랑 같이 카누를 타고 산책도 하려고 거기 갈 때마다 나는 그렇게 묻곤 했다.

"제스, 오늘은 안 계셔. 방앗간 문 닫은 지 벌써 몇 해나 되는걸."

"그런데 길버트 아저씨가 대체 누구에요?"

"루이 이모의 남편이야. 도로시 할머니의 언니 말이야."

"우리 이모할머니 보러 가도 돼요?"

---

* 지하나 동굴에 사는 자연적 괴물로 거인 또는 난쟁이의 형상이다.

"그러고 싶니?"

"하지만 길버트 아저씬 싫어요."

"이런…… 가게 되면 두 분 다 뵈어야지."

"그렇지만…… 그 아저씨 진짜로 어떤 사람인데요?"

"제스야, 거인 같은 분이란다. 정말 거인이지."

*

엄마가 나를 데리고 그들을 만나러 갔을 때 나는 여덟 살가량이었다. 버스를 두 번쯤 갈아탔던, 내 기억으로는 어린 시절 여행 가운데 가장 긴 탐험이었던 것 같다. 그곳 힐리가 어땠는지 따위도 별로 생각나지 않는다. 나이가 어린 탓도 있었지만, 구질구질한 동네 분위기에 김이 새버린 탓이다. 집다워 보이는 집은 거의 없었다. 유리창은 깨어지거나 장님 눈처럼 판자를 쳐놓은 게 대부분이었다. 무너져 내린 담벼락은 온통 낙서투성이였다. 방이란 방은 훤히 들여다보였는데, 마룻바닥은 죄다 일어선 데다 벽지는 벗겨졌고 벽난로에는 돌조각이 가득했다. 그것들은 모두 유령의 방이었고, 거기 주인들은 이미 오래전에 죽어 먼지가 된 터였다.

버려진 집들 뒤로 솟아오른 멋진 산등성이들을 보자 내 기분도 좀 나아졌다. 고향 셰필드에서 늘 볼 수 있는, 바로 옆 계곡에 신기한 것들을 숨겨놓은 그런 언덕이었다. 교회 옆으로 솟아오른 언덕엔 풀이 무성했다. 하지만 우리가 버스에서 내려 걸어 지나갈 때 보니 풀들은 형편없이 가늘었고, 그 아래 땅은 몹시 상한 채였다.

　루이 이모할머니 집으로 들어가기 전, 나는 초록으로 빛나는 언덕배기를 돌아보면서 이모할머니도 매일 그 모습을 볼 수 있어서 다행이라고 생각했다. 할머니 집과 거기 딱 붙어 있는 옆집은 벽돌 테라스가 남아 있는 유일한 곳이었다. 양쪽 집의 앞부분은 누군가 운영하는 가게로 쓰였는데 부랑자들과 점잖지 못한 빨간색 낙서를 막으려고 판자를 쳐놓은 상태였다. 뒤쪽에 있는 마당으로 가려면 빙 돌아야 했다. 거기엔 내 머리까지 오는 너무 자라버린 키 큰 민들레와 분홍바늘꽃이 피어 있었다. 뒷문 바로 옆에는 빈 병을 담아 나르는 나무상자가 서너 개 있었고, 내용물이 넘쳐나는 쓰레기통도 하나 있었다.

　엄마가 그 집 부엌문을 밀쳐 열었을 때 우리를 엄습한 그 냄새를 나는 이전에도 또 이후로도 맡아본 적이 없다. 상한 우유 냄새인 동시에 김빠진 맥주 냄새, 오랫동안 담배 연기에 절은 냄새, 케케묵은 신문지와 고양이 냄새, 기름에 튀긴 음식이나 뭐 그런 것들이 잘못돼도 아주 단단히 잘못되었을 때 풍기는 냄새, 그리고 메스꺼울 정도로 달콤한 냄새이기도 했다. 나는 부엌으로 들어섰다. 조리 도구들은 기름때가 껴 새카맸고, 마룻바닥은 리놀륨 장판이 말려 올라가 울퉁불퉁했다. 낮게 매달아 놓은 선반 위엔 처량 맞아 보이는 잿빛 빨랫감들이 놓여 있었고, 식탁은 어수선하고 지저분했다.

우리 할머니처럼 체구가 작고 가슴이 풍만하며, 쌕쌕 숨을 몰아쉬고, 머리엔 하얀 서리가 잔뜩 내려앉았고, 어금니가 다 빠진 이모할머니가 여름용 난로 앞에 놓인 까만 의자에서 혀를 차며 일어나더니 우리를 꼭 껴안았다. 나는 이모할머니 옆구리 사이로 어디 거인이 있는 건 아닌지 조심스레 살펴보았다. 엄마가 거인 아저씨에 대해 말해준 이야기들, 이를테면 황소 같은 목소리라든지 엄청 커다란 손, 놀림거리가 될 정도로 큰 키 때문에 복도를 지날 때 늘 등을 구부려야 한다는 그런 이야기들 때문에 겁을 집어먹었던 탓이다. 우리는 그가 자기 방에서 기침하는 소리를 들을 수 있었고, 또 그의 방에 달린 젖빛 유리창 너머 거인의 모습도 볼 수 있었다. 그의 검은 그림자가 테이블 위로 몸을 구부리고 있었다.

"길버트 이모부가 나오면," 루이 이모할머니가 말했다. "같이 차를 마시자꾸나." 그러자 유리창 너머 어두운 방에서 "길버트는 배가 고파지면 나갈 거야." 하는 황소 같은 목소리가 들렸다.

이모할머니는 킥킥 웃었다. 우리는 빨랫감에서 뚝뚝 물 떨어지는 소리와 굽도리널* 갉아대는 소리를 들으면서 함께 앉아 기다렸다. "저건 쥐 소리야." 루이 할머니가 낄낄거리며 말했다.

"쥐 아니에요. 옆집에 고양이가 있잖아요." 우리 엄마가 중얼거렸다.

---

* 방 안 벽의 맨 아랫부분에 댄 널빤지.

"아냐, 쥐야." 이모할머니가 날 보고 웃었다. "내가 본 적이 있는 걸." 우리는 계속 기다렸다. 뒷방에서 거인 길버트가 기침을 했다. 담배 연기를 깊게 들이마시는 사람의 기침소리였다. "피아노 한번 쳐보지 않을래?" 루이 할머니가 내게 물었다.

나는 엄마를 쳐다봤다. 엄마가 즐거운 표정으로 미소 지었다. 그래서 나는 벌떡 일어나 피아노 의자 위에 앉았다. 파란색 벨벳 의자였다. 맨 다리에 벨벳 의자의 부드러운 촉감이 느껴졌다. "어떻게 치는지 모르는데요." 내가 말했다.

"괜찮아." 이모할머니가 대답했다. "나도 모른단다. 사실은 길버트도 칠 줄 몰라. 자기는 피아노를 칠 줄 안다고 생각하는 것 같지만 말이다." 이모할머니가 피아노 뚜껑에 열쇠를 꽂으며 말했다. 그녀는 비밀이라는 듯 마지막 말을 내 귀에 대고 소곤거렸다. 루이 할머니가 피아노 뚜껑을 들어 올리자 니스 냄새와 레몬 향 그리고 케케묵은 먼지 냄새가 풍겼다.

나는 음표를 찾아 손가락을 이리저리 움직였다. 내 손가락들은 서로 멀어지기도 했고, 한 번에 양쪽 방향을 누르기도 했다. 점점 자신감이 생겼다. 그처럼 피아노 치는 일에 몰두하느라 나는 그만 거인 아저씨가 문밖으로 나오나 지켜본다는 걸 깜빡 잊고 말았다. 내가 거인 아저씨 때문에 겁을 집어먹었다는 사실조차도 잊고 있었다. 기억나는 거라곤 그가 차갑고 커다란 두 손으로 내 허리를 안아 올려 어깨에 목말을 태워주었다는 것뿐이다.

“정말 사랑스러운 녀석이로군!” 그는 황소처럼 쩌렁쩌렁한 목소리로 말하고 나서, 나를 다시 바닥에 내려주었다. 나는 좀 창피했다.

“그는 정말 잘생긴 거인이야.” 우리가 다시 버스를 기다리며 서 있는 동안 엄마가 말했다. 나는 그 순간 ‘잘생겼다’는 단어의 뜻을 내가 잘 모르고 있는 건 아닌가 의심이 들었다.

몇 년 뒤 나는 엄마와 도로시 할머니가 우리 집 식탁에서 나누는 대화를 들었다. 이모할머니네가 새 집으로 이사 가게 되었는데 길버트 할아버지가 그걸 반대한다는 내용이었다.

“말도 안 돼요.” 엄마가 말했다. “루이 이모도 그 집에서 견딜 만큼 견뎠잖아요. 난 이모를 탓하고 싶지 않아요.”

“길버트 할아버지는 그냥 두고 이모할머니 혼자 이사 가면 되잖아요?” 내가 제안한답시고 말했다. 도로시 할머니는 내 말에 충격을 받은 것 같았다. “루이 언니더러 길버트를 버리고 가라고?” 할머니가 말했다. “이모할머니는 길버트를 우상처럼 여긴단다. 암, 그는 루이의 우상이고말고.”

“그렇다면 이모할머니는 길버트 아저씨에 대해 내가 알지 못하는 뭔가를 알고 있다는 뜻이네요.” 내가 대꾸했다. “그런 집에 살면서 세월을 낭비하다니.”

“걱정하지 마라, 길버트가 그래도 한두 군데씩 손보면서 산단다.” 우리 할머니가 말했다. “루이 언니는 어수선하고 지저분해도 별로 신경을 안 써."

"참고 사는 게 익숙해지는 것보다 더 나쁜 거예요." 엄마가 말했다. "두 사람 사이에 한바탕 전쟁이 일어나겠네요. 이모는 그 집을 싫어하고 길버트 이모부는 떠나길 원하지 않으니까요."

"아, 거기엔 그럴 만한 사정이 있어." 도로시 할머니가 얼른 나를 쳐다봤다. 그래서 난 일부러 듣고 있지 않은 것처럼 딴청을 피웠다. "길버트가 평생 바란 건 아이를 갖는 거였어. 그렇다고 루이가 애를 낳아줬을까? 아니. 왜냐고? 그건…… 루이가 그들을 두려워했기 때문인데……."

할머니와 엄마의 대화는 어느새 삼천포로 빠져들었다. 나는 그 이야기를 머릿속에 꽁꽁 새겨두었다. 왠지 흥미진진한 데다가, 그게 진짜 무슨 뜻인지 확실하게 이해할 수 없었기 때문이다.

루이 할머니는 이따금 우리 집에 차를 마시러 오곤 했다. 나는 할머니가 오는 걸 참 좋아했다. 수다스럽고 재미있는 데다, 언제나 내게 주려고 초콜릿 바를 하나씩 가방 속에 넣고 왔기 때문이다. 하지만 길버트 할아버지는 한 번도 같이 오지 않았다.

"길버트는 통 밖에 나오려고 들지 않아." 이모할머니는 이렇게 변명하곤 했다. "그래서 나도 억지로 가자는 말을 안 해."

"왜요, 이모할머니?"

"부랑자들이 몰려 와 우리 집을 엉망으로 만들까 봐서 그러지."

이모할머니도 차를 마시고 나면 종종걸음으로 집에 달려가곤 했다. 행여 집 근처에서 노상강도라도 당할까 싶어, 핸드백은 비닐 봉투로 몇 겹씩 감싸고 또 손잡이를 손목에 칭칭 감은 채로 말이다.

"불쌍한 루이 이모." 엄마가 입버릇처럼 말했다. "저 집밖에는 목숨 걸고 지킬 게 없는 사람처럼 보여. 실은 그렇게 겁낼 일이 하나도 없는데 말이야."

"길버트 할아버지만 빼고요." 내가 대꾸했다.

나는 작년 여름이 되어서야 거인 길버트 할아버지를 다시 만났다. 모든 일이 쉴 새 없이 돌아가고 쉬운 게 하나도 없던, 마음 아픈, 천둥 치는 것 같은 여름날이었다. 어느 날 엄마는 루이 이모할머니의 전화를 받았다.

"제스, 길버트 이모부 소식이야." 엄마가 말했다. "뇌졸중으로 쓰러지셨대."

어두운 표정에 큰 소리로 기침을 하며 얼굴을 찌푸리던 길버트 할아버지 모습이 기억 속에 다시 되살아났다.

"할아버지를 뵈러 가자." 엄마가 말했다. "지금 핼럼셔에 계신 대."

"나도 꼭 가야 돼요?"

"물론 너도 함께 가야지." 엄마가 계속 말했다. "가엾은 루이 이모, 얼마나 두렵고 겁이 나셨을까."

나는 엄마가 왜 나를 데리고 가려 하는지 알고 있었다. 엄마도 조금은 길버트 할아버지를 겁냈던 것이다. 부산한 병실 안은 이내 조용해졌다. 길버트 할아버지의 침대 주위엔 막이 둘러져 있었다. 그런 걸 보면 사람들은 늘 심장이 멎어버린다. 우리는 적막에 잠긴 그의 환자용 텐트 안으로 들어갔다. 할아버지가 숨을 쉰다는 것 외에 시간의 흐름을 느낄 수 있는 건 없었고, 높은 침대와 거기 맥없이 드러누운 거인 말고는 특이한 점도 없었다. 길버트 할아버지는 손을 많이 타 후줄근해진 커다란 인형처럼 베개에 누워 있었다. 얼굴은 한쪽 방향으로 늘어져 있었고, 커다란 두 팔과 손은 미동조차 없었다. 할아버지는 아주 평화로워 보였다. 다만 그의 두 눈과 핏기 없이 창백한 얼굴이 우리에게 아픔을 호소하고 있었다.

루이 이모할머니는 병상 옆에 놓인 붉은색 의자에 앉아 할아버지의 손가락을 만지작거리고 있었다. 그녀는 우리가 왔다는 걸 깨닫고 몸을 돌려 엄마와 나를 바라보았다. "저이가 죽어가고 있구나, 조씨." 이모할머니가 말했다. "가엾은 노인 양반. 갈 때가 된 거야."

나는 안전거리를 유지한 채 그에게 시선을 고정했다.

"사랑스러운 내 남편. 이 사람은 지금 완전 아기 같아." 루이 이모할머니가 속삭이듯 말했다. 나는 길버트 할아버지가 벌떡 일어나 할머니에게 소리치기를 기다렸다.

"이 병원 참 괜찮지?" 할머니는 계속 말을 이었다. "전부 깨끗해. 저이도 이보다 더 안락하게 생을 마감할 수는 없을 거야."

나는 그를 물끄러미 바라보았다. 축 늘어진 입이 잠깐 실룩거렸으나, 한마디 말도 나오지 않았다.

"지금이 가장 평화로운 상태인 거 같아." 루이 할머니가 날카로운 목소리로 말했다. "여기 있는 간호사들도 전부 저이를 좋아한단다. 안 그래요, 길버트? 저이도 물론 그들을 좋아하고."

이모할머니는 길버트 할아버지의 침대 곁을 떠나지 않았다. 두 여자가 나누는 이런저런 이야기도 계속되었다. 나는, 좀 불편한 심정으로, 여태껏 한 번도 이야기해본 적 없는 사람을 쳐다보았다. 그는 창백하고 수동적인 모습으로 누워 있었다. 온몸에서 생기가 다 빠져나간 듯했다. 그의 검은 눈동자조차 아무것도 갈망하지 않는 것 같았다.

병실은 숨이 막힐 정도로 후덥지근했다. 엄마가 길버트 할아버지 머리 뒤쪽에 있는 유리창을 열자 가벼운 바람이 솔솔 불어와 머리카락을 날렸다. 루이 이모할머니가 남편의 흐트러진 머리카락을 부드럽게 뒤로 쓸어주며 키득거렸다.

"축복이 있을 거야. 이 사람 정말 깔끔해 보이지? 간호사들이 오늘 하루 종일 씻겼는데도, 저인 불평 한마디 안 했단다. 그래서 모두들 아주 착한 환자라고 칭찬했지. 상상 좀 해보렴! 우리 길버트가 그랬다는 걸!"

그녀의 목소리는 물 흐르는 소리처럼 편안했다. 엄마가 사다 올려놓은 꽃다발에서 꽃잎이 떨어져 길버트 할아버지 가슴 위에 내려앉았다. 환자들의 차를 나르는 손수레가 지나간 탓이다.

"병원에선 저이한테 아무것도 갖다 주지 않아. 당연하지. 컵에다 입도 제대로 델 수 없는걸. 넌 그가 한창때 잘 먹고 마시던 게 생각나겠지만 말이다. 가엾은 길버트, 이제 저이는 더 이상 아무 음식도 못 먹을 거야. 술도 그렇고. 안 그래요, 여보?"

이모할머니는 고통을 호소하는 그의 얼굴을 못 보았던 걸까?

"하지만 차도 한 잔 못 마시게 하다니 가엾어." 그녀가 한숨을 쉬었다. "나라도 한 모금 마실 수 있었을 텐데. 내가 대신 마셔도 되잖니."

"우리 잠깐 구내식당에라도 다녀올까요." 엄마가 이모할머니에게 제안했다. "제 생각엔 이모도 좀 쉬어야 될 거 같네요. 너무 무리하면 안 돼요."

루이 이모할머니가 벌떡 일어섰다. 엄마의 제안이 마음에 들었던 것 같다. "아주 근사한 데가 있어." 그녀가 말했다. "깨끗해! 직접 보렴. 차 마시면서 먹을 수 있는 케이크도 팔아."

그리고 그들은 나갔다. 이모할머니는 마치 자기 집을 자랑하고 싶어 안달이 난 새댁처럼 으쓱했다. 우리 세 사람 다 길버트 할아버지와 나에 대해서 까맣게 잊은 것이다. 나는 텐트 한구석에 선 채 꽃잎들이 규칙적으로 흔들리는 걸 지켜보았다. 밖에서 차들이 붕붕거리며 지나가는 소리가 들렸다. 나는 갑자기 눈에 보이지 않는 슬픔과 두려움이 가득 차오르는 것을 느꼈다. 길버트 할아버지가 겁에 질린 눈으로 나를 쳐다보고 있었다.

나는 할아버지의 눈길을 피해 달아나고 싶었다. 그 속에서 타오르는 공포에 질린 검은 불길을 꺼버리고 싶었다. 그리고 무엇보다도 그 눈길 뒤에 가려진 죽음의 공포가 어떤 것인지 알고 싶었다. 나는 살금살금 걸어가 이모할머니 의자에 앉았다. 길버트 할아버지는 그런 내 모습을 뚫어지게 지켜보았다. 그리고 내가 그의 커다랗고 차갑고 털이 부숭부숭한 손에 내 손을 얹으면서 그의 얼굴을 보았을 때, 우리는 시선이 마주쳤다. 우리는 둘 다 눈길을 돌리지 않았다. 그 순간 나는 충분히 달아날 수도 있었다. 하지만 이번에는 그러지 않았다. 마치 내 자신이 죽어가는 것처럼 한기를 느끼며, 나는 태어나서 처음으로 그에게 말을 붙였다. "안녕하세요, 길버트 할아버지." 그러고 나서 가장 이상한 대화가 시작되었다.

30분 뒤쯤 그가 잠이 들었을 때, 나는 엄마랑 이모할머니를 찾으러 구내식당으로 내려갔다. 나는 그들에게 할아버지랑 내가 어떤 결정을 내렸는지 전해주고 싶었다. 하지만 루이 이모할머니는 『스타』지의 '집과 아파트' 난에 실린 기사에 푹 빠져, 소리까지 내며 그걸 읽어대느라 정신이 없었다.

"조씨, 이것 좀 봐! 로스코우 언덕에 있는 이 아파트 말이야! 이것보다 더 좋을 수 있을까? 나도 다시 리벨린 계곡 근처에서 살고 싶어. 세월이 많이 지났으니까!"

"길버트 할아버지는 거기 가고 싶지 않대요." 내가 끼어들었다.

루이 이모할머니는 아주 잠깐 동안 나를 모르는 사람 쳐다보듯 물끄러미 바라보았다. 아니, 길버트가 누구인지, 무슨 이야기를 하고 있는 건지조차 잠시 잊은 듯했다.

"가고 싶지 않다고? 얘야, 그이는 지금 아무것도 바라는 게 없단다."

"할아버지가 집에 돌아가고 싶대요." 내가 큰 소리로 말했지만, 이모할머니는 이미 자리에서 일어나 동전을 찾으려고 핸드백 안을 뒤적거리고 있었다.

"그 사람들한테 전화해야겠다, 조씨. 아파트를 보러 가겠다고 말이다." 이모할머니가 공중전화 있는 데로 허둥지둥 걸어갔다. 나는 할머니 접시에 남아 있던 건포도 빵 부스러기를 집어 먹었다.

"할머니 괜찮을까요, 엄마?" 마침내 내가 입을 열었다.

"이모 나름대로 상황을 극복하는 방법일 거야." 엄마가 어깨를 움찔거리며 말했다. "어떤 사람들은 저런 식으로 행동한단다."

"나는 이모할머니가 길버트 할아버지를 우상처럼 받들었다고 생각했어요." 내가 말했다. "그런데 실은 할아버지가 이모할머니를 우상처럼 받드는 거 같던데요."

우리는 거기서 루이 이모할머니가 수화기에 대고 뭔가 흥분해서 말하는 것을 볼 수 있었다. 이미 모든 일이 종료된 것 같은, 두 번 다시 끔찍한 상황을 겪지 않아도 될 것 같은 분위기였다.

"엄마, 혹시 이모할머니는 할아버지가 야단치고 무섭게 구는 걸 좋아했던 게 아닐까요?"

"그럴지도 몰라." 엄마가 대답했다. "이제 할아버지가 주눅 들도록 소리 지르지 않으니까 이모할머니는 오히려 어쩔 줄 모르는 것처럼 보여."

"할아버지가 없는 것처럼 굴 때 빼고." 하루 종일 으르렁거리던 하늘이 마침내 천둥소리와 함께 쩍 갈라졌다. 유리창으로 쏟아진 빗물이 벽을 타고 흘러내렸다. 창밖에서는 지붕 두드리는 소리가 요란했다. "불쌍한 길버트 할아버지. 이모할머니는 이제 더 이상 할아버지가 자기 손을 놓을 때까지 기다리지 않을걸."

"제스야, 엄마는 네가 길버트 할아버지를 무서워하는 줄 알았어."

"예전엔 그랬어요. 하지만 지금은 안 그래요. 할아버지는 거인이 아니에요. 이모할머니가 그렇지."

나는 비가 쏟아지는 소리를 들으며 뒤로 물러앉았다. 그리고 어른들이 사랑이라고 부르는 그 미묘한 것의 실체는 바로 가장 닮지 않은 사람들을 하나로 결합하고 함께 살게 하는 게 아닐까 생각해 보았다. 루이 이모할머니가 전화 통화를 마치고 왔다. 비가 퍼붓고 있었지만 그녀는 당장이라도 로스코우 언덕에 있다는 그 아파트를 보러 달려갈 기세였다. 나는 약속을 지켜야 했다.

"루이 할머니." 엄마가 할머니에게 드릴 커피를 한 잔 가지러 간 사이 내가 물었다. "길버트 할아버지를 집으로 모셔 갈 거죠?"

"내가 어떻게 그이를 데려갈 수 있겠니? 이미 떠나왔는걸. 대체 왜 다시 가야 하는 거지?"

"할아버지의 유일한 바람이니까요."

이모할머니의 눈에서 좌절의 눈물이 흘러내렸다. 나는 할머니의 얼굴에 경련이 이는 것을 보았다. 그녀는 자신을 조정할 힘을 잃어버리기 시작한 것 같았다. 엄마가 이모할머니께 드릴 차를 가지고 와서는 진정시키려고 할머니 손에 자기 손을 올려놓았지만, 루이 할머니한테는 아무것도 소용이 없었다.

"그이가 원하지 않는다고! 그이가 무얼 어떻게 원한단 말이지!" 그녀가 울부짖었다. "그이는 말도 하지 못해! 길버트가 무엇을 바라는지 넌 어떻게 알아냈단 말이니?"

길버트 할아버지와 내가 함께 앉아서 어떤 식으로 대화를 나누었는지 설명하는 건 그리 쉬운 일이 아니다. 그토록 거인 할아버지를 무서워한 내가 어떻게 그의 감정을 읽은 건지 나도 잘 모르겠다. 암튼 나는 따뜻한 내 손을 그의 차고 커다란 손 위에 올려놓고, 화가 잔뜩 나 있는 그의 눈을 피하지 않은 채 말을 건넸다. 그때 나는, 그의 눈에서 빛나던 분노와 원망의 빛이 아주 조금씩 사그라지는 걸 보았다. 나는 리벨린 계곡 아래 있는 오래된 물방앗간에 대해 이야기했다. 그리고 할아버지가 기력을 잃은 건 방앗간이 문을 닫았기 때문이며, 그래서 강과 고요한 나무들을 떠나 그 조그맣고 더러운 집으로 이사 간 게 틀림없을 거라고 말씀드렸다. 이야기를 하는 동안 나는 길버트 할아버지의 거칠고 우악스러운 행동 뒤에 감춰진 게 무엇이었는지 조금은 이해할 수 있었다. 무엇 때문에 할아버지가 쥐들이 널빤지 긁어대는 소리를 들으며 어두침침한 뒷방에서 몸을 구부린 채 신문을 읽었는지, 또 루이 이모할머니가 쓸쓸한 동작으로 피아노를 치는 데 왜 그토록 천착했으며, 자신을 빈민가의 구질구질한 살림살이에 적응시키느라 애를 썼는지 알 수 있을 것 같았다. 할아버지를 그곳에 잡아두고 또 이모할머니를 그곳에 매어둔 것은 바로 사랑이었다. 그들은 서로를 필요로 했다. 그리고 지금 길버트 할아버지는 가장 낯선 상황 속에 홀로 내팽겨졌고, 그래서 두려운 것이다.

"길버트 할아버지, 집에 돌아가고 싶지요?" 내가 묻자 그의 두 눈은 고마움이 가득 담긴 따뜻한 표정으로 "그래." 하고 대답했다.

"그러면, 그렇게 전해드릴게요." 내가 말했다. 그러자 길버트 할아버지는 마침내 자신의 뜻이 받아들여졌음을 알고, 잠에 빠져들었다.

"그이는 내가 떠날까 봐 걱정하는 거야." 루이 이모할머니가 말했다. "그래서 돌아가려는 거지."

"맞아요." 엄마가 말했다. "이모도 잘 아시잖아요."

할아버지는 집으로 돌아갔다. 그러나 그리 오래가지는 못했다. 그 슬프고 우울했던 여름 한철, 우리 아빠와 존 오빠는 영국 여기저기를 여행하면서 비둘기들을 집으로 돌려보냈고, 나는 대부분의 시간을 케이티와 함께 밖에서 보냈다. 그리고 루이 이모할머니는 그녀와 길버트 할아버지를 오랜 시간 동안 묶어준 그들의 초라한 새장 속에서 마지막 희생을 치렀다. 루이 할머니는 오래된 안락의자에 길버트 할아버지를 앉힌 다음 벽난로 가까이 끌어다 놓고, 그를 위해 피아노를 연주하면서 함께 추억의 노래들을 즐겼다. 그러고 나서, 모든 것이 끝났을 때, 이모할머니는 그 끔찍한 집을 떠났다. 영원히.

10

디스코

고등학교 졸업시험이 끝난 뒤 어느 날 밤 케이티가 우리 집에 왔다. 내가 디스코장에 가려고 준비하는 걸 도와주러 온 참이었다. 우리 학년 애들 중 열두 명 정도가 같이 가기로 되어 있었다. 물론 우리 학교에도 디스코장이 몇 개 있다. 하지만 난 시내에 있는 디스코장에는 여태 가본 적이 없었다. 엄마는 내가 밤중에 나다니는 걸 무척 싫어했다. 게다가 나는 다른 사람들 앞에서 춤을 추는 데 영 자신이 없다. 케이티와 함께 있는 한 문제될 게 없다는 걸 알고 있지만 말이다. 케이티는 정말 춤을 잘 춘다. 내가 놀러가기만 하면 케이티는 언제나 나를 데리고 다락방으로 올라가 카세트를 엄청 크게 틀어놓는다. 그러곤 같이 춤을 춘다. 그때마다 케이티는 천창을 열어놓는다. 그러면 음악소리가 모두 위로 올라간다. "새들한테도 음악이 필요해." 그녀가 하는 말이다. 이따금 그녀의 오빠 스티브가 올라와 막춤을 춰서 우리를 웃겨주기도 한다. 그는 우리 학교에 다니는 몇몇 아이들 춤에서 힌트를 얻어 그 춤을 개발했다고 한다. 그건 정말 끔찍하다. 팔다리를 뱀장어처럼 흐느적거린다고 상상하면 딱 맞을 것이다.

나는 그해 케이티의 집에서 아주 많은 시간을 보냈다. 우리는 엄마에게 털어놓지 못하는 비밀스러운 이야기들을 몇 시간이고 함께 나누곤 했다. 나는 지금도, 그 당시에 왜 내가 모든 걸 마음속에만 담아두고 있었는지, 알 수가 없다. 내가 이따금 우울해져서 아무 말도 하지 않고 있으면, 이유를 모르는 엄마는 그걸 언짢아하곤 했다. 돌이켜 생각해보면, 사실 엄마에게 감출 만한 일은 아무것도 없었다. 그 디스코 사건이 있기 전까지는 말이다. 물론 내가 이야기를 했더라면 엄마는 분명 나를 도와주었을 것이다. 하지만 나는 그냥 엄마에게 아무 말도 하지 않았다. 할 말이 없었다.

어쨌든, 일찌감치 옷을 차려입은 케이티가 나를 도우러 왔다. 나는 아기 돌보는 일을 해서 모은 돈으로 토요일 디스코파티에 입고 갈 옷을 샀다. 어디로 가야 하는지를 정확히 알고 있으면 시내에 가서 옷을 사는 편이 경제적이다. 우리가 잘 아는 할인매장은 시내 중심부에 있었다. 나는 밤이 되기 전 그때 산 옷을 입어보았다. "어때요? 잘 어울려요?" 부엌에서 좀 불안한 마음으로 이렇게 저렇게 자세를 잡으며 내가 엄마에게 물었다.

"멋지구나." 엄마가 대답했다. "그런데 다림질 좀 해야 될 거 같아."

"엄마! 저건 원래 그렇게 입는 옷이라고요." 존 오빠가 거들어줬다. "근사해, 제스."

아빠는 별로 관심이 없는 것 같았다. 하지만 그날 밤이 지나고, 내가 다시 청바지에 셔츠 차림으로 돌아왔을 때, 아빠가 이렇게 말했다. "꼬맹아, 너도 이제 다 컸더구나. 엄마 아빤 네가 아주 자랑스럽다." 나는 그 순간을 절대 잊지 못할 것이다.

금요일 케이티가 우리 집에 도착했을 때 그녀는 스물세 살은 먹어 보였다. 풍기는 향기도 아주 달랐다. 뭔가 붕 뜬 것 같기도 하고, 희미하게 가물거리는 것 같은 향이었다. 나는 예전에 앨버트 할아버지가 케이티를 두고 한 말을 기억하고 있었다. 그렇다. 아무래도 그녀는 뭔가 좀 아는 애 같다. 그녀 옆에 있으면 내가 좀 유치하고 얼뜨기인 것처럼 느껴졌다.

그날 밤, 할아버지와 할머니가 우리 집에 왔다.

"재미있는 구경하려고 왔지!" 도로시 할머니가 우리들을 부르며 말했다. 할머니는 케이티랑 내가 2층 방으로 올라가자 숨을 쌕쌕거리며 간신히 우리를 따라와서는 침대에 걸터앉았다. 그러곤 케이티가 내 머리카락을 끌어당기며 이런저런 모양을 만들어주려고 애

쓰는 모습을 지켜보았다. 내 머리카락은 붉은색이 도는 갈색이다. 올도 굵은 데다 언제나 축 늘어져 있었다. 케이티가 머리카락을 구불구불하게 얼굴 뒤쪽으로 말아주었다. 덕분에 내 눈은 더욱 커 보였고 광대뼈도 도드라졌다. 평소의 내 모습이 아니었다. 도저히 믿을 수가 없었다. 그러고 나서 케이티가 내 얼굴에 화장을 하기 시작했다.

"난 화장하는 거 싫은데." 내가 말했다. "화장하면 얼굴이 가렵거든."

"많이 바르지 않을 거야." 그녀가 대답했다. "맨 얼굴로 가면 좀 성의 없어 보이잖니." 그녀는 몸을 구부린 채, 내 얼굴이 마치 캔버스라도 되는 것처럼 바르고 칠했다. "화장이란 건 참 재미있어. 이건 네 자신에 대한 탐구와 같아. 자, 한번 보라고……." 그녀는 도로시 할머니가 내 모습을 볼 수 있도록 한 발짝 뒤로 물러섰다. "할머니랑 넌 눈동자 색이 똑같아. 그걸 제일 많이 강조한 거야, 그 깊고 푸른색을 말이야."

"다음번에는 나 좀 해줄래?" 도로시 할머니가 깔깔거리며 말했다. "앨버트가 깜짝 놀라겠지! 남편에게 선을 행하라."

케이티는 내 립스틱을 입술에 발라줬다.

"봐, 다르지?" 그녀가 즐거운 듯 말했다. "립스틱으로 컬러를 입히지 않으면 입술은 그냥 네 얼굴에 있는 가림막일 뿐이야. 치아를 숨겨주는 커튼 같은 거지."

나는 립스틱 바른 걸 자연스럽게 하려고 아래위 입술을 지그시 눌렀다. 꼭 키스를 받는 것 같은 느낌이었다.

거울 속에 비친 나는 어엿한 여인이었다.

"기분이 어때?" 케이티가 나를 쳐다보며 물었다.

"가려워." 죄어오는 얼굴을 다시 펴려고 애쓰며 내가 대답했다.

엄마가 안을 들여다봤다. 엄마는 늘 내게 화장을 하지 말라고 가르친 사람 가운데 하나다. 엄마 자신도 절대 화장을 하지 않는다. "넌 화장할 필요가 없어. 얼굴에 색칠할 이유가 없다고." 엄마가 늘 하는 말이었다. 하지만 이번엔 좀 달랐다. 엄마는 침대 위 도로시 할머니 옆자리에 걸터앉아 이렇게 말했다. "어머니, 우리 딸 참 예쁘지요?" 그리고 그제야 나는 엄마도 내 나이 때 화장을 하고 시내에 나가 춤을 추고 싶어 했다는 걸 알아차렸다. "내 향수 좀 빌려줄게." 엄마가 말했다. "내가 특별히 아끼는 거란다." 나는 케이티의 눈을 쳐다볼 수가 없었다. 엄마가 아끼는 프랑스 향수를 그동안 내가 슬쩍슬쩍 써왔기 때문이다. 난 엄마가 향수 쓰는 걸 좋아하지 않는 줄 알았다. 엄마가 향수 뿌리는 걸 본 적이 없기 때문이다. 하지만 엄마는 곧 돌아와 내 목의 앞뒤에 향수를 묻혀준 다음, 자기 손목에도 가볍게 문질렀다. 그러곤 얼굴에 손목을 가져다 대고 깊이 숨을 들이쉬며 냄새를 맡았다. 엄마는 향수 냄새 때문에 머리가 어지러운 것 같았다.

"제스, 어디 좀 보자." 내가 새로 산 구두를 신고 나갈 준비를 하려는데 할머니가 말했다. "첫 번째 무도회로구나!" 할머니의 푸른 눈동자에 추억의 불꽃이 일렁였다.

우리가 막 집을 나서려는데 전화벨이 울렸다. 케이티에게 온 전화였다.

"엄마예요." 얼굴이 해쓱해진 케이티가 말했다. "엄마가 우유병에 베어서 아빠랑 같이 핼럼셔에 있는 보건소에 가야 된대요. 전 얼른 집에 돌아가서 부모님이 돌아올 때까지 동생들을 돌봐야 해요."

나는 어안이 벙벙해졌다.

"네 오빠는 뭐 하고?" 엄마가 물었다.

"스티브 오빠요? 오빤 벌써 디스코장에 갔어요. 전 이만 가봐야겠어요."

나는 울고만 싶어졌다. 참을 수가 없었다. "나도 너랑 같이 갈래."

"그건 안 돼." 그녀가 단호하게 말했다. "여태껏 너 준비시키는데 시간을 다 썼는데, 이제 와서 무슨 소리야. 제스, 넌 디스코장에 가."

"혼자 가는 건 싫어. 차라리 너랑 같이 집에 있을래."

"내가 아이들을 봐줄게." 도로시 할머니가 제안했다. "존, 네가 얼른 나를 케이티네 집에 데려다 주면 되겠다."

그 말에 케이티의 마음이 흔들릴 뻔했다. "제가 가는 게 나아요." 마침내 그녀가 말했다. "제 동생 리엄은 옆에 낯선 사람이 오는 걸 싫어하거든요. 마구 소리를 질러대지요. 신경이 좀 예민해서요. 제스, 나중에라도 갈게. 우리 부모님도 그리 오래 걸리진 않을 거야.”

그녀는 내가 뭐라고 말할 사이도 없이 문을 열고 나가 버렸다.

“케이티, 기다려, 내가 바래다줄게.” 존 오빠가 아빠의 자동차 열쇠를 찾아 들더니 그녀 뒤를 따라갔다. “좋은 시간 보내!” 케이티가 소리를 쳤다. 바로 그 순간 나는 얼른 정신을 가다듬고 코트를 걸친 다음 두 사람을 따라 나갔다. 그러곤 두 사람이 탄 자동차를 언덕 위까지 쫓아갔다. 물론 소용없는 짓이었다. 그때 내가 타고 가야 할 버스가 왔다. 앞자리에 탄 우리 반 여자애들이 내게 손을 흔들었고, 나는 버스에 올라탔다.

나는 오지 말걸 그랬다고 후회했다.

나는 디스코장에서 나오는 음악을 좋아했다. 소리가 크고, 힘이 느껴지고, 또 약간 성난 듯한 음악이기 때문이다. 나는 다른 여자애들하고 말할 필요성을 못 느꼈다. 그러고 싶지 않았다. 번쩍이는 플래시등은 알록달록한 사탕이 녹아드는 색 같았다. 그 빛은 춤추는 사람들의 옷이며 살갗을 군데군데 파랑 빨강 초록 그리고 오렌지색으로 물들였다. 모든 사람들이 흰 바지에 흰 셔츠를 입은 한 남자를 주목하고 있었다. 말끔하고 도도해 보였다. 그가 무대 위로 올라가자 짙은 보라색 등이 쏟아졌다. 남자의 옷가지는 마치 강렬한 태양빛을 받은 흰 눈처럼 빛났다. 그가 무대를 점령한 동안 아무도 춤추러 나갈 생각을 하지 못했다. “저 남자 정말 멋있어.” 내 옆에 있던 여자애가 말했다. 나는 격렬하게 춤추는 그를 황홀하게 바라보았다. 그런 내 모습이 왠지 당혹스럽게 느껴졌다. 음악의 강렬한 장단이 내게 전해졌다. 내 심장은 전혀 새로운 리듬을 타고 고동치기 시작했다. 맥박이 점점 빨라졌고 알 수 없는 에너지가 내부에서 용솟음쳤다. 나는, 내 향수 냄새에 도취된 채, 그대로 서 있었다. 그냥 서서 그를 지켜보는 것만으로도 마음이 벅찼다.

　나는 스티브를 찾아 사방을 둘러보았다. 그의 엄마에 대해 말해줄 참이었다. 그러면 그는 아마 얼른 집에 갈 것이고 대신 케이티가 올지도 모른다. 새로운 춤이 시작되자 흰옷을 입은 그 남자가 무대에서 내려왔다. 나는 스티브가 학교에서 온 다른 애들하고 어울려 춤을 추는 걸 보았다. 그들이 떼를 지어 춤을 추었기 때문에 나는 그에게 다가갈 수가 없었다. 아직은 그랬다. 게다가 난생처음 뾰족구두를 신고 그가 있는 데까지 미끄러지지 않고 갈 수 있을지 확신이 서질 않았다. 이곳에선 그를 비롯한 다른 남자애들 모두가 청년처럼 보였다. 옷을 갖춰 입은 탓인 것 같았다. 그들의 팔과 목은 가늘었고, 머리카락은 마구 흐트러져 있었다. 우리 반 친구들은 다른 데서 온 소녀들과 여자들 속에 끼어 혼연일체가 된 것처럼 보였다. 헷갈리게도, 그들은 모두 나이보다 성숙해 보였다. 학교를 졸업한 지 이미 몇 해쯤 되는 것 같았다. 그들은 무리를 지어, 얼굴에 얼굴을 맞대고 춤을 췄다. 고개를 돌려 누가 와 있는지 흘끔거리면서 말이다. 그들은 자기 발치에 가방을 세워둔 채였다. 이따금, 신발을 벗어두기도 했다.

"혼자 왔어요?" 커다란 목소리가 귓가를 두들기는 바람에 나는 깜짝 놀랐다.

"저 친구들하고 같이 왔어요." 그렇게 대답하고 나서, 나는 불현 듯 여태 혼자 있었다는 걸 깨달았다. 다른 여자애들은 서로 머리를 매만져 주려고 화장실로 몰려갔다. 실제로, 나는 그 애들과 섞여 있지 않은 터였다. 그들은 내 존재를 잊은 듯했다.

"재미없어 보이는데요."

"아니요. 즐거워요."

"마실 것 좀 갖다 줄까요?"

나는 그의 호의가 너무나 고마웠다. 이런 곳에서 음료수를 사러 가본 적이 없었기 때문이다. 하지만 뭘 시켜야 되는지 정도는 나도 알고 있었다. 케이티가 어떤 걸 마시는지 기억했으니까 말이다.

"소다수하고 건포도요."

나는 그가 사람들을 밀어제치면서 음료수 바로 가는 모습을 지켜보았다. 나는 케이티를 만나면 어떻게 말할까 연습해보았다. "그 멋진 금발 남자가 나한테 음료수를 사다 줬어. 그런데, 그냥 보통 남자가 아니었다고. 케이티, 네가 직접 봤어야 하는데. 스물다섯쯤 되어 보이더라."

그가 돌아왔을 때 섬광 전구가 들어왔다. 그러자 춤추던 사람들 이 흑백의 판타지 세계에 빠져, 아주 천천히 움직이는 것처럼 보였

다. 하얀 옷의 남자는 그 모든 것의 한가운데 있었다. 사방 천지가
뒤죽박죽이었다.

"저런 빛은 간질병을 유발해요." 금발 남자가 내게 속삭였다.
"너무 오래 비추면 안 되는데."

"재미있기만 한걸요." 내가 대답했다.

"그래요?" 그가 내 손에 음료수를 건네주더니, 나를 보호해주려
는 양, 아주 자연스럽게 내 어깨에 자기 팔을 둘렀다. 나는 전율했
다. 그러면서 그가 빨갛게 달아오른 내 뺨을 보지 못하는 게 다행
이라고 생각했다.

느리고 슬픈 곡에 맞춰 서로 몸을 가까이 한 채 춤을 추면서, 그
는 오직 나만을 위해 부드럽게 노래를 불렀다. 그래서 나는 그의
입술이 내 귓불을 스쳐가는 걸 느낄 수 있었다. 소다수와 건포도는
나중 일이었다. "케이티," 나는 속으로 되뇌었다. "케이티, 난 아무
래도 사랑에 빠진 거 같아."

내가 집에 돌아갈 시간이 되었다고 말했을 때도, 그는 내 손을
꼭 잡고 놓지 않았다. 나는 스티브와 눈이 마주쳤다. 그가 깜짝 놀
란 표정으로 웃고 있었다. 그제야 난 스티브한테 케이티 이야기를
하지 않았다는 걸 깨달았다.

"행복해요?" 파트너가 내게 물었다. 나는 고개를 끄덕이면서, 그
의 어깨에 머리를 갖다 댔다. 이제껏 나는 행복이 어떤 건지 몰랐
다. 그 방면으로는 좀 둔한 탓이다.

그의 이름은 테리였다. 그는 나를 자기 차에 태워 우리 집까지 바래다주었다. 워클리로 돌아가는 길 내내 나는 차 안에서 기분 좋게 그의 곁에 앉아 있었다. 테이프에서 나오는 노래를 듣고 또 따라 부르기도 하면서 말이다. 한 번인가 두 번쯤 그가 나를 흘끔 쳐다보았다. 왠지 자신 없고 급한 눈길이었다. 하지만 대부분 그의 시선은 길 위에 고정되어 있었고, 나는 그런 테리를 지켜보았다. 노란색 신호등이 그의 얼굴과 팔을 황금빛으로 물들였다. 나는 사우스 거리가 끝나가는 게 아쉬웠다.

하지만 우리가 마을 언덕의 등성이를 넘자 내 눈에는 익숙한 불빛들이 어둠에 잠긴 스태닝턴을 향해 목을 쳐들고 서 있는 게 보였다. 또 닫힌 커튼 뒤로 고요하게 잠든 집들 가운데 우리 집도 보였다. 몇 시간 전 정신없이 케이티를 쫓아가느라 대문을 반쯤 열어놓고 나온 상태 그대로였다. 아직 불이 밝혀져 있는 것으로 보아 누군가 나를 기다리는 게 틀림없었다. 그제야 나는 차 안에서 우물쭈물 작별인사를 나눌 겨를이 없다는 것을 알아차렸다.

"여기서 내려야겠어요." 내가 말했다. "저 아래서 차를 돌리면 안 돼요." 그가 내 팔에 손을 얹었다. "언제 다시 만나지? 어디서?"

"수업 끝나고 만날까요?" 내가 제안했다. "월요일 어때요?" 월요일이라니!

"내가 기다리고 있을게." 그가 대답했다. 그는 나에게 '후' 하고 입맞춤을 날려주었다. 그게 전부였다.

나는 걸어갔다. 뒤를 돌아볼 생각 같은 건 감히 하지 못했다. 그가 차를 돌려 다시 언덕을 올라가는 소리가 들렸다. 그가 가버리자 나는 익숙한 길을 따라 집까지 달리기 시작했다. 나는 어린 소녀였을 적부터 엄마에게 뭔가 할 말이 있어 가슴이 벅찰 때면 그렇게 하곤 했다. 하지만 이번엔 엄마에게 아무 말도 하지 않았다.

"제스, 어떻게 온 거야?" 엄마가 위층에서 물었다.

"누가 차 태워다 줬어." 사실대로 말하면서도 나는, 내가 꼭 거짓말을 하는 것 같았다. 얼굴이 화끈거렸다.

"재미있었니?"

"괜찮았어요." 나는 거짓말을 했다.

나는 욕실로 뛰어올라가 화장을 지웠다. 갑자기 울고 싶어졌다. 그날 밤 들어 두 번째였다. 왜 그런지 이유는 알 수 없었다.

"케이티! 정말 환상적이었어!" 이튿날 내가 케이티에게 말했다. "정말 근사한 남자였어. 그런 사람 태어나서 처음이야."

나는 그날도 또 다음 날도 그와 마주치게 될 것을 바라며, 길모퉁이를 돌면 혹시 그가 있지 않을까 하는 상상에 주위를 어슬렁거리며 시간을 보냈다. 나는 그의 자동차가 어떻게 생겼는지 기억할 수 없었다. 색깔도 생각나지 않았다. 심지어는 그의 얼굴조차 정확하게 기억나지 않았다. 하지만 그의 얼굴이며 손을 비치고 지나갔던 신호등의 황금색 불빛과 내 귓가에 대고 슬픈 노래를 불러주던 그의 목소리만큼은 기억할 수 있었다.

한 번은 그를 보았다는 생각이 들었다. 그래서 바보처럼 달아나 공중전화 부스 안에 몸을 숨겼다. 나는 케이티에게 전화를 걸었다. 몸이 막 떨렸다.

"드디어 그 남자 봤어!"

"뭐라고 하던?"

"아무 말도 안 했어. 내가 숨었거든."

엄마는 내가 오후 내내 어디 가 있는지 몹시 궁금한 눈치였다. "산책해요." 내 얼굴은 있지도 않은 사실을 꾸며대느라 다시금 달아올랐다.

그 월요일은 내 생애 최고로 긴 하루였다. 하고많은 장소 가운데 하필이면 왜 난 그 남자더러 학교 앞에서 만나자고 했을까? 나는 절대로 운동장을 가로질러 그에게 다가가지 못할 것 같았다. 모든 아이들이 나를 기다리는 그를 보게 될 터였다. 하지만 어쩌면, 그게 바로 내가 바란 것인지도 모른다.

케이티와 나는 오후에 든 실습을 하나 빼먹고 화장실에 가서 보일 듯 말 듯 화장을 했다. 나는 손이 너무 떨려서 립스틱조차 제대로 바를 수가 없었다. 입술은 엉망진창이었다. 케이티가 그걸 보더니 뻣뻣한 화장실 휴지로 깨끗이 지우고 새로 칠해줬다. 그녀는 또 내 머리에 스프레이를 뿌려 뒤로 묶어주었다. 좀 따가웠다. "스프레이 때문에 아파." 내가 말했다. "너무 많이 뿌린 거 같아." 그러고 나서 나는 자기 머리에 직접 스프레이를 뿌리는 케이트를 닮아세

왔다.

"넌 그거 쓸 필요 없잖아. 만날 사람도 없으면서."

케이티는 자기 뺨과 입술에 조심스럽게 화장을 했다. 나는 그 모습을 주의 깊게 지켜보았다. 그녀 옆에 있으니 내 모습은 마치 얼굴에 페인트칠을 한 열두 살 먹은 어린애 같았다.

"네가 원한다면 난 화장 지울게." 그녀가 말했다. "나는 그냥, 우리 둘이 같이 화장하고 있으면 네가 덜 불편할 거 같아서 그랬지."

케이티는 그런 애였다. 나는 그 애를 믿었다. 나는 솔직히 그녀가 나보다 더 예쁘게 치장하면 어쩌나 잠시 걱정한 것이다.

수업이 모두 끝났음을 알리는 종이 울렸다. 우리는 다른 아이들 속에 섞여 고개를 숙인 채 걸어갔다. 스티브가 뭔가 말하려고 달려왔으나 케이티가 도리질을 했다. 그는 전혀 뜻밖이라는 듯 나를 흘끔 보더니 그대로 지나가 버렸다.

"이 상태로 지나가긴 좀 힘들 거 같은데." 내가 그녀에게 말했다.

"괜찮아. 아무렇지 않아." 케이티가 대답했다.

"차라리 너하고 스티브랑 집에나 갈까 봐."

학교 바깥에 세워둔 자동차는 모두 여덟 대였다. 그 가운데 눈에 익은 차는 없었다.

"안 왔나 봐." 아무렇지 않은 척, 내가 말했다. 실망감 때문에 팔다리가 저려왔다. 바로 그때 그가 경적을 울리면서 자동차 문을 열었다. "저기 왔다." 내가 침착하게 말했다. 나는 케이티에게 나 대신 우리 집에 가방 좀 갖다 놔달라고 부탁했다. 테리가 내게 인사하려고 상체를 내밀었다. 나는 케이티가 그를 어떻게 생각했는지 보려고 고개를 돌렸다. 그녀가 앞으로 달려갔다.

"오, 안 돼," 나는 생각했다. "친구야, 저 사람한테 마음 두지 마." 그리고 나는 자동차에 올라 타 힘껏 문을 닫았다.

우리는 브래드필드까지 운전해 가서 애그던 저수지를 따라 산책했다. 사람이라곤 우리밖에 없었다. 나는 그곳에 테리와 함께 있다는 사실이며, 모든 게 너무도 자연스럽다는 사실, 그리고 얼마든지 제어할 수 있다고 생각했던 따뜻한 감정들이 내 몸과 마음을 격렬하게 뒤흔들고 있다는 사실을 도저히 믿을 수가 없었다. 사람들은 그런 종류의 끔찍한 떨림이란 것도 실은 화학작용에 다름 아니라고 말하지 않았던가. 뚜껑 달린 시험관과 분젠 버너로 실험하는 그런 화학작용들 말이다.

"뭐가 그렇게 재미있어서 웃어?" 그가 나에게 물었다.

"아무것도 아니야." 내가 대답했다. "그냥 행복해서."

"왜가리 떼가 보금자리 친 곳을 보여줄게." 그가 말했다. "봐. 저기 왜가리 한 마리 있다." 우리는 커다랗고 목이 긴 회색 새가 천천히, 육중하게 날갯짓을 하며 내려와 고개 숙이는 모습을 지켜보았다. "카아악, 카아악." 신경을 건드리는 듯하면서도 황량한 울음소리가 물 위로 퍼져 나갔다. 녀석은 내려앉은 자리에 그대로 서 있었다. 마치 그곳에 조각해놓은 석상 같았다.

"저 녀석 좀 외로워 보이는데." 내가 말했다. 나는 테리의 손을 찾아 꼭 쥐었다. 내 손에 따뜻한 느낌이 전해졌다.

"슬프고 외로운 새야." 그가 말했다. "나도 왜가리에 대한 사랑스러운 노래를 하나 알고 있어……."

왜가리 한 마리 동쪽으로 날아갔네, 왜가리 한 마리 서쪽으로 날아갔네,
　탁 트인 숲 위로 날아갔네,
　룰리, 룰레이, 룰리, 룰레이,
　매 한 마리 내 짝을 낚아채 날아갔네…….

"노래가 아주 귀엽네." 그처럼, 밝고 자연스러운 목소리로 내가 대꾸했다.

"민요야. 크리스마스 때 부르는 노래이기도 하고. 언젠가 기회가 되면 네게도 가르쳐줄게."

그런 날이 올 것을 생각하니 내 마음이 다시금 따뜻해졌다. 겨울로 가는 길목에서, 어두운 밤 크리스마스 캐럴을 함께 부를 것을 생각하니 말이다.

"매 본 적 있어?" 그가 내게 물었다. 나는 고개를 저었다. "집에서 새를 기른 사람은 하나 알고 있지."

나는 그에게 존 오빠가 기른 비둘기 이야기를 해주고 싶었다. 하

지만 아껴두기로 했다. 지금은 별로 어울리는 것 같지가 않았다.

"제스, 네 이름에 무슨 의미가 숨겨져 있는지 알아? 아주 아름다운 이름이야." 나는 다시 한 번 고개를 저었다. 그가 내 손을 슬쩍 놓았다. 그러더니 자기 손목에 내 손을 두르고, 엄지와 검지를 맞붙여 링을 만들었다. 팔찌 같기도 했고, 수갑 같기도 했다. "이게 바로 제스야. 젓갖이라고 하는데, 매의 발에 매는 끈이라는 뜻이야. 사람들이 매를 부리거나 훈련시킬 때 써. 가죽이나 씰크로 만들어서 매의 다리에 꽉 잡아매는 거야."

이 몸이 한 마리 매라면, 당신은 내 먹이가 되었을 텐데
그리고 높이 날아올라, 시야에서 당신을 놓치는 일 결코 없었을 텐데
하지만 당신이 만일 내 심장의 파수꾼이 되어준다면
그러면 당신 나의 제스여, 내 사랑이여, 나는 당신에게 날아갈 것을.

"그것도 민요야?" 내가 물었다. 부끄러웠다.

"아니. 이건 시야. 지금 막 너를 위해 지은 거야."

우리는 저수지에서 나와 블루벨 꽃이 만발한 뒤쪽 숲으로 걸어 들어갔다. 우리는 거기 꽃밭 속에 누웠다. 그가 블루벨 몇 송이를 꺾어 내 머리에 꽂아주면서 내 눈동자 색깔과 닮았다고 속삭이자

나는 바보처럼 꽃향기에 무너져 내렸다. 나는 전혀 새로운 방식으로 이야기하고 웃고 있는 내 모습을 발견했다. 그가 시종일관 나를 주목해주었으므로 우쭐한 마음까지 들었다. 그리고 내 생애 처음으로 내가 무척 특별한 존재라는 느낌도 들었다. 마치 아주 오랫동안 그를 알고 지내온 것처럼 느껴졌고, 그가 내 자신의 일부인 듯 여겨졌으며, 그가 세상 어느 누구보다도 나를 더 많이 이해하고 있는 것 같았다. 그는 내가 모르는 나의 모습을 알고 있었다. 그는 내가 어떤 사람인지 알고 있었다.

"몇 시에 가야 돼?" 해가 멀어지기 시작하자 그가 물었다.

나는 시계를 들여다보았다. "벌써 여섯 시야! 말도 안 돼. 미안해, 테리. 이제 집에 가야겠어. 데려다 줄 거지?"

그가 나를 일으켜줬다. "물론이지." 그가 대답했다. "내일도 있고, 모레도 있고, 우리가 원하기만 하면 만날 수 있는 날은 얼마든지 많아."

집으로 돌아가는 길 내내 우리는 말을 하지 않았다. 우리 둘 다 그럴 필요를 느끼지 못했다. 우리 동네 언덕이 보일 때까지 내 머리엔 여전히 블루벨 몇 송이가 꽂혀 있었다. 집 가까이 이르러서야 나는 그에게 그것들을 빼달라고 부탁했다.

"내일 만나." 우리는 약속했다.

나는 곧장 케이티네로 갔다. 거기서 집에 전화를 걸어 엄마한테 케이티가 차 마시고 가라고 했다고 할 요량이었다. 스티브가 문을 열어주었다. 나는 그에게 테리에 대해 말해주고 싶어 좀이 쑤셨다. 케이티와 마찬가지로 스티브 역시 나에 대해서라면 알 만큼 알고 있었다. 늘 그래왔다.

"너 머리에 뭐 붙이고 있는데." 그가 말했다. "양배추냐 뭐냐, 그게."

"사랑의 징표야." 이유는 모르겠지만, 나는 꽃잎을 떼어내 스티브한테 주었다.

나는 케이티에게 달려 올라가 두서없이 말을 꺼냈다. "그 사람 어떤 거 같아?" 내가 물었다.

"잘 모르겠어."

"너 지금 질투하는 거지."

그녀는 아무 말도 하지 않았다. 손톱에 네일 에나멜을 칠하느라 여념이 없었다. "그 사람 이름이 뭔데?"

"테리." 내가 대답했다. "그 사람이 날더러 매 다리에 붙들어 매는 것같이라고 했어. 자기는 매고. 그런 말을 하다니, 너무 로맨틱하지 않니?"

"성은 뭐야?"

"몰라. 안 물어봤어. 그런 거 말고 더 중요한 이야길 했거든."

"그 남자 어디 사는지 알아?"

"아니, 몰라, 케이티. 안다고 해도 너한테 말해주지 않을 거야."

나는 그냥 앉아 있었다. 뜻밖에도 그녀가 입을 다물고 있는 게 좀 이상하긴 했다. 나 같았으면 케이티가 사귀는 남자에 대해 전부 알고 싶어 안달이 났을 터였다. 그녀가 마음 졸이게 놔두기로 했다. 어쨌든 지금은 케이티에게 아무것도 말하고 싶지 않았다. 그녀는 네일 에나멜 병뚜껑을 닫고, 칠이 지워지지 않도록 손가락을 쭉 벌렸다.

"제스, 내가 너라면 그 남자랑 데이트 따위는 하지 않을 거야."

화가 나면서도 두려웠다. 일요일 오후 그를 보았다고 생각했을 때의 통증 같은 게 느껴졌다.

"내가 보기엔, 너 그 남자에 대해 뭔가 알고 있는 게 틀림없어, 그치?" 내가 말했다.

"맞아, 알아." 그녀의 목소리도 나만큼 딱딱했다. "그 남자 이름은 테리 구딘슨이고, 크룩스 거리에 살아."

케이티네 식구들 모두가 우리 말을 듣고 있는 것처럼 느껴졌다. 길거리에 있는 사람들까지 전부 다.

그때 케이티가 이야기를 계속했다. "그 남자 잘 알아. 왜냐하면, 내가 한 달 전에 그 남자 집에서 아기 봐주는 일을 했거든."

엄마는 눈물로 얼룩진 내 얼굴을 유심히 바라보았지만, 아무 말도 하지 않았다. 시간이 좀 지난 다음 엄마가 내게 차를 한 잔 갖다주고 어두컴컴한 방 안에 나랑 같이 잠깐 앉아 있었을 때도 다른 것은 물어보지 않았다. 엄마는 내게 잘 자라고 입맞춤을 해주었다.

오랜만의 일이었다.

이튿날 나는 학교에서 케이티를 만났다. 하지만 말을 할 수가 없었다. 그녀가 미웠다. 케이티는 오후 내내 나에게 거리를 두고 있다가, 먼저 말을 걸어왔다. "제스, 이리 와. 우리 영어 수업 빼먹자."

나는 못 알아듣겠다는 표정으로 그녀를 바라보았다.

"너 아무 때나 학교 수업 빠지고 그러는 애 아니잖아, 그치? 제스, 그 남자를 다시 만날 생각도 아니고."

나는 무엇을 해야 할지 알 수 없었다. 그냥 혼자 있고 싶었다. 그녀는 내 스스로 결정할 틈조차 주지 않은 채, 내가 마치 어디로든 데려가 주길 바라는 노인이라도 되는 양 나를 끌고 복도를 따라 걸어 내려갔다. 나는 누가 우리를 보든 말든 신경 쓰지 않았다. 학교 밖에서 나는 테리의 자동차가 있나 여기저기 둘러보았다.

"그 사람한테 설명하고 싶어." 내가 말했다.

"제스, 설명할 거 없어. 그 사람은 이미 결혼한 남자야. 아주 예쁜 아이 아빠라고."

케이티는 그다음 날도 똑같은 짓을 했다. 하지만 목요일엔 케이티가 수업 끝나자마자 리허설을 하는 날이었다. 나는 그녀의 충고를 무시하고, 마지막 수업이 끝날 때까지 학교에 남아 있었다. 그리고 유리창 너머로 그의 자동차를 보았다. 마치 스토킹하는 고양이처럼 위로 갔다 아래로 갔다 헤매고 있었다. 그 남자 역시, 나처럼 지독하게, 고통스러운 게 틀림없었다. 그는, 내가 그 자리에 나와 있지 않아 마음의 상처를 입었을 터였고, 여전히 나를 그리워하고 있을 것이었다. 나는 다른 아이들을 따라 운동장으로 나갔다. 발이 납덩이처럼 무거웠다. 땅 위에서 그냥 질질 끌려가는 것 같았다.

엄마. 엄마 같았으면 어떻게 했을까?

그때 누군가 뒤에서 달려와 내 팔을 툭 쳤다.

"안녕, 제스, 잠깐만 기다려. 나랑 같이 가자."

"스티브! 지금은 싫어. 혼자 있고 싶어."

나는 파란색 차가 움직이는 것을 보았다. 그도 분명 나를 보았을 것이다.

"너 이런 유머 들어봤어? 허수아비의 아들 이름은?"

"스티브……."

"틀렸어. 허수야. 그럼 진짜 새의 이름은?"

몇 걸음 떨어진 데서 자동차 엔진 돌아가는 소리가 났다.

"참새. 어서, 제스, 답 맞힐 생각을 안 하네. 그럼 목욕할 때만 쓰는 수건은?"

나는 고개를 흔들었다. 눈물이 흘러내리기 시작했다. 자동차가 경적을 울렸다.

"날 좀 내버려 둬, 스티브, 제발."

"목욕할 때만 쓰는 수건이 뭐게?"

"테리."

"너 이 문제 들어본 적 있구나. 이태리타월이야. 이제 좀 웃어봐.

그럼, '할아버지 발은 크다.'를 네 글자로 줄이면 뭐게?”

　테리의 자동차가 움직이기 시작했다. 나는 그냥 내버려 뒀다.

　“나도 몰라, 스티브. 뭔데?”

　“노발대발.”

　멍청한 유머였다. 너무 웃어서 눈물이 앞을 가렸다. 스티브가 너무 빨리 걸었기 때문에 나는 그와 보조를 맞추느라 뛰어야 했다.

　“이번엔…….”

　“그만 해, 스티브, 이젠 됐어.”

　“미소의 반대말은?”

　“몰라.”

　“당기소. 제스야, 실은 지난번 디스코파티 때 너한테 뭐 좀 부탁하려고 했었어. 그런데 얼굴 볼 시간이 있었어야지.”

　“그럼, 지금 해.” 뭐가 우스운 건지 알 수 없었지만, 나는 그때까지도 웃고 있었다.

　“이번 토요일에 리드밀에서 브레이크댄스 축제가 열려. 나랑 같이 거기 가지 않을래?”

　“우리 둘이?”

　“존이랑 케이티도.”

　“우리 오빠랑 케이티가? 언제부터 둘이 같이 놀러 다녔지?”

　“지난 금요일. 디스코파티 했던 밤부터지. 그날 밤 두 사람은 디스코장에 안 갔대.”

“난 정말 몰랐어.”

“넌 잠깐 딴 데 가 있었잖아, 제스.”

그렇다. 아주 잠시, 나는 머나먼 곳에 있었다. 스티브가 다시 한 번 나를 잡아끌었다.

“그러니까 같이 갈래?”

“뭐라고?”

“제스! 토요일에 나랑 같이 가겠냐고……?”

새의 먹잇감이 될 뻔한 여자아이 이름은 무엇일까?

“응.”

우리는 동네 어귀에서 헤어졌다. 나는 차를 마시러 집으로 갔다. 집에는 엄마 혼자밖에 없었다.

“괜찮아?” 엄마가 물었다.

“예. 이번 토요일에 스티브랑 외출하기로 했어요, 엄마.” 그 애길 하는 건 정말이지 너무 간단하고 마음 편했다.

“잘 됐구나, 얘야. 난 스티브가 참 좋더라.”

“나도요.” 나는 창 너머로 우리 집 정원을 바라보았다. 우리 집 사과나무 주위에도 블루벨이 있었다. 그것들은 이제 막 고개를 내미는 참이었다. 나는 고개를 돌렸다. “스티브만큼 어울리기 좋은 사람은 없는 거 같아요.”

11

작별

    축하파티가 끝난 저녁, 거기 모였던 사람들 모두 나를 배웅하러 왔다. 우리는 다 같이 미들랜드 역 플랫폼에 모여 소리치고 웃고 또 서로 농담을 주고받았다. 파티가 계속되는 것 같았다. 마지막 순간 존 오빠와 케이티가 팔짱을 끼고 나타났다. 스티브도 함께였다.

    "이렇게 와줘서 정말 기뻐. 말로 다 표현할 수가 없는걸." 내가 그를 얼싸안으며 말했다. "어제는 미안했어. 내 잘못이야."

    "나도 미안해." 그가 대답했다.

    "크리스마스 때 보게 될 거야." 내가 말했다.

    "약속 같은 건 하지 말자."

“맞아. 약속하지 말자.”

*

엄마는 나를 재촉해 기차에 태우면서, 작은 선물 꾸러미 한 개를 내 손에 쥐어주었다.

“이제 갈 시간이야.” 엄마가 말했다. “이래가지곤 절대 너랑 헤어지지 못하겠다, 얘.”

그들이 문을 쾅 닫자 기차가 달리기 시작했다. 스티브는 손을 흔들고 소리를 지르면서 플랫폼을 따라 달렸다. 그의 모습은 점점 멀어졌고, 기차에 속도가 붙기 시작했다. 어서 가자, 어서 가자, 어서 가자. 그것은 바로 내 어린 시절, 떠나가는 기차가 내게 늘 들려주던 소리였다.

하지만 나는 어린애가 아니었다. 그리고 절대로, 결코, 두 번 다시는 어린 시절로 돌아가지 못할 터였다. 뱀이 드디어 허물을 벗은 것이다.

나는 엄마가 준 선물을 열어보았다. 대니 오빠의 사진이었다. 추억 속의 오빠가 나를 보고 웃고 있었다. 오빠가 내 삶을 축복해주고 있었다.

사랑하는 아들 중근에게

출판사에서 처음 이 책을 건네받고 함께 내용을 검토하던 게 엊그제 같은데, 벌써, 그리고 드디어, 우리말 번역본이 나오게 되었구나. 그사이 너는 고3이 되었고, 얼마 있으면 또 한 번 가족 곁을 떠나게 되겠지. 2년 전, 귀엽고 어린 티가 가시지 않았던 너를 처음 학교 기숙사에 떼어놓고 오던 날이 생각난다. 돌아서는 내 발걸음이 천근만근이었으니, 혼자 남겨진 네 마음은 오죽했을까 생각하면 지금도 마음이 아릿하다. 하지만 너는 기대 이상으로 적응을 잘했고, 가족이라는 울타리를 떠나 생활하는 동안 생각도 몸도 마음도 참 많이 자랐지. 그날이 아직도 눈에 선한데, 다시금 좀 더 긴 이

별을 준비해야 할 시간이 다가오고 있구나.

　이 책을 우리말로 옮기는 동안 나는 줄곧 네 생각을 했단다. 네가 이 책에 나오는 제스와 동년배인 데다가 너 역시 곧 가족 곁을 떠나야 한다는 상황이 맞아떨어졌기 때문이겠지. 가끔은 제스네처럼 너와 작별하는 날 고백파티를 한번 열어볼까, 궁리도 해보았어. 혼자만 간직했던 이야기, 묻고 싶었던 이야기, 혹은 그때 참 고마웠어, 아니면 미안했어, 그런 마음이 묻은 사연들을 서로 털어놓고 나면, 가족이 되어 함께 보내왔던 긴 시간이 더욱 멋지게 응축되지 않을까 생각하면서 말이야.

　아무리 가까운 사이라 할지라도 속마음을 온전히 털어놓는다는 건 사실 어려운 일이야. 특히 가족 중 누군가에게 상처를 주었다거나 자기 의지와는 반대되는 행동을 했다거나 상대방 모르게 간직한 비밀이 있을 경우엔 더욱 그렇지. 그러고 보면 제스네 가족은 참 용감하고 현명한 사람들이야. 가슴속에 묻어두었던 그늘진 이야기들을 환한 바깥세상으로 꺼내놓음으로써 서로에게 더 진실해지고 또 몇 걸음씩 더 가까워졌으니까.

　제스네 이야기를 한번 되짚어 볼까? 종교가 다르다는 이유 때문에 부모 몰래 결혼해야 했던 외할머니와 외할아버지, 백마 탄 왕자님을 꿈꾸었지만 결국은 성실한 사랑을 택했던 할머니, 토요일 맥주파티에서 만났던 예쁜 아가씨에게 마음을 온통 빼앗겼던 제스의 아버지와 그를 열렬하게 좋아했던 루씨의 어긋난 사랑, 태어날 때부터 장애가 있었던 오빠 대니와 함께 보낸 이승에서의 짧은 시간, 비둘기 길들이기를 통해 서로 마음을 열어가고 가까워졌던 존 오빠와 아버지, 행복했던 과거의 기억 속에 갇혀 사는 할아버지의 친구, 겉모습만 거인이었던 마음 여린 길버트 할아버지, 그리고 디스코장에서 만난 멋진 남자와 잠시 사랑에 빠졌던 주인공 제스.

어쩌면 여기 나오는 이야기들은 시대와 상황만 조금씩 다를 뿐 우리 주위에서 흔히 듣고 볼 수 있는 이야기들일지 몰라. 어느 곳에 살든 어느 시대에 살든, 사람들이 생각하고 느끼고 고민하는 내용은 거의 비슷하니까 말이야. 가령 첫 데이트의 설렘, 예쁜 딸을 둔 부모의 마음, 공평하지 못한 외사랑의 서글픔과 그 사랑을 보낼 때의 속상함, 사랑하는 가족을 잃은 남은 사람들의 슬픔, 그 아픈 기억의 극복 과정 같은 것들……. 이런 사연이나 가슴앓이는 소년 소녀가 어른이 되어가는 과정에서 혹은 우리가 무늬만 어른이 아닌 진짜 어른이 되어가는 가운데 적어도 몇 번쯤 겪어야 하는 통과의례 같은 것일 테지. 생각을 모아보면 내게도 그런 비슷한 경험이 있었어. 어긋난 사랑 때문에 슬펐던 기억, 겉모습만 보고 사람을 판단했던 어리석음, 너와 달리 약하게 태어난 막내 때문에 가슴을 조아렸던 날들, 내가 선택한 길이었음에도 불구하고 자신 없어 했던 젊은 날의 시간들.

그런데, 참 이상한 건 그 시간들이 지금 너무도 그립다는 사실이야. 그건 아마도 그때 내가 그 순간순간을 충실하게 살지 않았기 때문일 테지. 흔히들 과거에 묻혀 사는 사람이 있는가 하면, 현재를 살아가는 사람이 있고, 또 미래만 바라보며 사는 사람도 있다고 하지. 하지만 아무리 생각해도 사람의 평생을 아우르는 건 역시 현재의 시간이야. 과거와 미래는 현재의 다른 얼굴일 뿐이니까. 제스와 가족은 그 사실을 잘 알고 있었던 듯해. 그러니까 담담하지만 용감하게 과거의 터널에서 빠져나와 힘차게 앞으로 달려갈 수 있었던 것 아닐까.

사랑하는 중근. 오늘도 너를 기숙사에 데려다 주고 돌아오면서 많은 생각을 했단다. 모든 것을 혼자 결정하고 혼자 이루어나가야 하는 게 고달플지라도 엄마는 네가 그 생활을 잘 견뎌내 주길 바라. 지금껏 지내온 시간들은 분명 네 인생의 튼튼한 나침반이자 버팀목이 되어줄 거야. 이제, 어제까지 못한 것, 못 이룬 것에 대해서는 더 이상 생각하지 말자. 오늘 이 순간을 가장 열심히, 최선을 다해보자. 네 앞에 놓인 수많은 가능성의 길들을 생각하자. 그리고 지나간 날들과 멋지게 작별하는 거야.

소설 끝 부분에 나오는 문장을 선물로 보내며 편지를 끝낸다.

"하지만 나는 어린애가 아니었다. 그리고 절대로, 결코, 두 번 다시는 어린 시절로 돌아가지 못할 터였다. 뱀이 드디어 허물을 벗은 것이다."

2007년 여름 옮긴이

'창비청소년문학'을 펴내면서

우리에게는 10대 청소년의 세계를 다룬 본격적인 문학작품이 드 뭅니다. 그래서 청소년이 읽는 문학작품은 어른들이 읽는 것과 별 다른 차이를 보이지 않습니다. 출판사에서 청소년에게 읽히고자 펴낸 문학작품 중에는 이른바 대표작가의 대표명작을 모은 선집들 이 무척 많습니다. 인류의 문화유산으로서 전수되는 뛰어난 고전 과 현대의 창작물을 청소년이 자기 것으로 만드는 일은 자연스럽 고 또 바람직합니다. 문제는 그것들이 대개 입시를 겨냥한 수업의 연장선상에서 읽힌다는 점입니다. 더욱이 초등학교 시절에 동화책 을 읽던 아이들이 그다음 단계에서 성인문학의 세계로 곧장 비약 하게 됨에 따라 놓치는 것이 적지 않습니다. 청소년 고유의 감수성 이라든지 청소년기에 직면하는 문제 등 작품과 대화를 나눌 수 있 는 요소가 많지 않다면, 문학작품을 읽는 일은 점점 자기 삶과 무관 한 요식행위처럼 되기 쉽습니다. 동화책에 푹 빠져서 책 읽기를 좋 아하던 아이들이 나이를 먹어가면서 문학의 매력을 느끼지 못하 고 즐거운 책 읽기에서 멀어지는 까닭 중 하나가 여기에 있다고 봅 니다.

　이런 사정을 염두에 두고 우리는 '창비청소년문학'을 새롭게 시작하려고 합니다. 그 핵심은 세상에 대한 자각을 높이고 성장의 의미를 함축한 뛰어난 문학작품입니다. '지금 여기'의 청소년과 공감대를 넓힐 수 있는 새로운 감수성과 문제의식을 충실하게 담아 즐겁고도 의미 있는 책 읽기가 되도록 힘쓸 생각입니다. 최근 청소년문학의 중요성이 새롭게 인식되면서 의욕을 보이는 작가들이 속속 모습을 드러내고 있습니다만, 양적으로나 질적으로나 아직 충분치 않을뿐더러 마땅한 청소년문학의 모범이 없어 작가들도 어려움을 겪는다고 합니다. 청소년문학이 아동문학과 성인문학 양쪽에서 소외되어 자기 정체성을 확립하지 못한 채 표류하는 현상은 마치 경계의 존재라 하여 주변부로 밀려난 청소년의 현재 모습을 떠올려 주는 것이겠습니다. 우리는 '지금 여기'의 청소년을 뚜렷이 의식하되 현대 세계문학의 다양한 흐름을 적극적으로 받아 안으면서 새로운 도전에 나서고자 합니다. 장르와 영역을 넓히는 국내 창작물과 외국작품의 소개는 물론이고, 참신한 시각으로 재구성한 숨은 작품들과 창의적인 기획물의 모색 등이 여기에 포함될 것입니다. 새 길을 여는 '창비청소년문학'에 많은 관심을 부탁드립니다.

2007년 5월

창비청소년문학 기획편집위원회

창비청소년문학 3

할머니의 연애시대

초판 1쇄 발행 • 2007년 8월 27일
초판 11쇄 발행 • 2020년 8월 7일

지은이 • 벌리 도허티
옮긴이 • 선우미정
펴낸이 • 강일우
책임편집 • 김종곤
펴낸곳 • (주)창비
등록 • 1986년 8월 5일 제85호
주소 • 10881 경기도 파주시 회동길 184
전화 • 031-955-3333
팩시밀리 • 영업 031-955-3399 편집 031-955-3400
홈페이지 • www.changbi.com
전자우편 • ya@changbi.com

한국어판 ⓒ (주)창비 2019
ISBN 978-89-364-5603-0 43840